GULLIVER

869

Martin

Kristina Dunker

Anna Eisblume

Roman

EIN **GULLIVER** VON **BELTZ & GELBERG**

Für meine Oma

Ebenfalls lieferbar: *»Anna Eisblume« im Unterricht*
in der Reihe *Lesen – Verstehen – Lernen*
ISBN 978-3-407-62557-1
Beltz Medien-Service, Postfach 10 05 65, 69445 Weinheim
Download: www.beltz.de/lehrer

www.gulliver-welten.de
Gulliver 869
Originalausgabe
© 2001 Beltz & Gelberg
in der Verlagsgruppe Beltz • Weinheim Basel
Alle Rechte vorbehalten
Lektorat: Silvia Bartholl
Neue Rechtschreibung
Markenkonzept: Groothuis, Lohfert, Consorten, Hamburg
Einbandgestaltung: Max Bartholl
unter Verwendung eines Fotos von Monika Paulick
Gesamtherstellung: Beltz Druckpartner, Hemsbach
Printed in Germany
ISBN 978-3-407-78869-6
8 9 10 11   14 13 12 11

1

Mein Vater hat mich Orchidee genannt.

Den Namen Anna habe ich von meiner Mutter. Sie mag kurze, klare Namen. Mein Vater dagegen bevorzugte das Ausgefallene. Als ich jünger war, erzählte er mir an jedem Geburtstag, wie er den Standesbeamten von meinem zweiten Vornamen überzeugte. Das war mein liebstes Geburtstagsritual: Wir saßen alle drei am Kaffeetisch, auf dem eine Vase mit Orchideen stand, meine Mutter zündete die Kerzen auf dem Kuchen an, und mein Vater wiederholte stolz die Worte, die er zu dem Beamten gesagt hatte: »Hören Sie, mein Herr, es gibt so viele Mädchen, die Blumennamen tragen: Yasmin, Iris, Erika, Rosa, Viola. Warum soll meine Tochter, die für mich das schönste und wunderbarste Baby der Welt ist, nicht nach einer Orchidee heißen?« Er hatte dem Beamten mein erstes Foto gezeigt, und der war rot geworden – genauso rot wie ich jedes Mal wurde, wenn er mir diese Geschichte erzählte –, und dann hatte der Beamte irritiert mit dem Kopf genickt und meinen Namen in die Geburtsurkunde eingetragen, meinen Namen, Anna Orchidee Lessmann.

Ich habe mir geschworen, dass ich niemals jemandem erlauben werde, meinen Vater zu beleidigen. Gestern hat Valerie es getan. Dafür wird sie jetzt büßen.

Ich verlasse das Haus meiner Eltern eine halbe Stunde früher als gewöhnlich. Einen Moment bleibe ich zögernd auf der Schwelle stehen. Die Haustür wie ein schützendes Schild im Rücken, ziehe ich den starken Duft der Hyazinthen ein, die meine Mutter gestern gekauft und gleich in den Blumenkasten vor dem Küchenfenster gepflanzt hat. Meine Mutter umgibt unser Haus mehr denn je mit Blumen, als könne sie so allen Leuten zeigen, dass sich bei uns nichts verändert hat. Ich verstehe sie, aber für mich hat ihr Bemühen die gegenteilige Wirkung, sie macht unser Haus zu einem offenen Grab.

Doch wenn ich ehrlich bin, bin ich schlimmer als meine Mutter. Ich umgebe mich mit Lügen, damit niemand meiner Mitschüler merkt, dass sich bei uns alles verändert hat. Das ist nicht einfach und es ist auch nicht angenehm, aber es muss leider sein. Bis gestern war es mir vielleicht auch gar nicht so unangenehm. Bis Valerie gestern vor der ganzen Klasse meinen Vater beleidigt hat.

Ich gebe mir einen Ruck und spüre sogleich eine wild zuckende Bewegung Madonnas in meiner Schultasche. Madonna hatte kein Frühstück, und sie hasst es, in engen Schultaschen eingesperrt zu sein. Wenn ich mit ihr im Klassenraum ankomme, wird sie so gereizt sein, dass sie alles totbeißen wird, was ihr vor die Zähne kommt. Sie wird es gut machen, nicht so wie ihre Schwestern Mariah und

Sabrina, die manchmal nur eine einzige weiße Maus in drei Tagen verschlingen und sich danach zu einem schläfrigen Verdauungskringel zusammenrollen. Madonna ist eine echte Kampfnatter, und es tut mir ausgesprochen Leid, sie für meine Rache an Valerie opfern zu müssen. Aber Valerie hat etwas gesagt, das ich absolut nicht vertragen und ihr erst recht nicht verzeihen kann.

Also gehe ich los.

Am Kiosk kaufe ich wie jeden Morgen Zigaretten und nehme mir wie jeden Morgen vor, dass es meine letzten sein werden, schließlich bin ich erst fünfzehn und weiß, wie schädlich die Dinger sind. Aber ohne meine Schachtel überstehe ich den beknackten Schultag nicht. Ich hasse die Gesamtschule seit Jahren, wie ich seit gestern Valerie hasse. Sogar meine Mutter hat eine Abneigung gegen meine Schule, seit Skins ihr beim letzten Elternabend ein Hakenkreuz in den Autolack geritzt haben. Also stecke ich mir eine Zigarette an und lasse die Schachtel achtlos zu Madonna in die Tasche fallen. Madonna zischt und zuckt, und der Kioskbesitzer beugt sich neugierig aus seinem Häuschen heraus, um zu sehen, was ich da in meiner Tasche habe.

Auf dem Schulhof warten erst wenige Schüler. Das ist gut, denn ich möchte möglichst unbemerkt und vor allen anderen in die Klasse kommen, damit mir keiner meinen Plan vereitelt. Eilig laufe ich auf den Haupteingang zu. Da werde ich von der Seite angequatscht: »Hi, Anna, schon wach? Hast du mal 'ne Kippe für mich?«

Ausgerechnet Kollo! Den habe ich gar nicht gesehen! Was will der so früh hier? Das passt mir überhaupt nicht!

»Kannst du dir keine eigenen leisten?«, fauche ich ihn an.

»Ich hatte welche, Anna, ich schwör's. Aber die Säcke aus der 10 haben sie mir gerade eben geklaut.«

»Oh, du armer Junge, das tut mir aber Leid, da musst du wohl schmachten.«

»Komm, Anna, sei nicht so!« Er tritt auf mich zu, so nah, dass ich einen Riss in seiner Jacke sehen kann.

»Verzieh dich«, sage ich knapp.

Er stemmt die Hände in die Hüften. »Die eiskalte Orchidee, hart und herzlos wie immer.«

»Was laberst du für einen Stuss«, fahre ich ihn an, ziehe den Reißverschluss meiner Tasche auf und greife wütend nach der Zigarettenschachtel. Meine Güte, dann gebe ich ihm eben eine, Hauptsache, er lässt mich in Ruhe. Mist, die Madonna!

»Au!«

Ich schreie auf, ziehe blitzartig meine Hand zurück und schließe die Tasche. Aus den Augenwinkeln sehe ich die Lehreraufsicht in der Nähe. Verdammt! Der bekloppte Kollo vermasselt mir alles! Mit vor Wut zitternder Hand halte ich ihm die Zigaretten hin.

»Nimm dir eine, mach schon, da kommt die Schöller, die kriegt schon Stielaugen!«

Kollo rührt sich nicht. Er starrt auf meine Hand. Aus stecknadelkopfgroßen Bisswunden quellen dicke Blutstropfen.

»Sehe ich da jemanden Zigaretten anbieten?«, höre ich von hinten die Stimme der Schöller. Ich stopfe die Schachtel schnell in meine Jacke. Gut, dass ich meine Zigarette längst fortgeworfen habe.

»Torsten Kollodziak und Anna Lessmann aus der 8R2«, stellt Frau Schöller fest. »Guten Morgen, die Herrschaften.«

»Anna Orchidee Lessmann«, korrigiere ich. Wenn sie uns schon an unsere Schüleridentität erinnern muss, dann soll sie das auch richtig tun.

Frau Schöller geht nicht darauf ein. Kaum ein Lehrer tut das. Für die meisten bin ich nur Anna.

»Was wolltest du Torsten denn gerade geben?«, fragt sie stattdessen.

»Ich wollte ihm gar nichts geben, ich wollte ihn nur um ein Pflaster bitten«, sage ich und zeige ihr meine blutverschmierte Hand. »Ich hab mich geschnitten«, füge ich hinzu.

»Pflaster bekommst du im Sekretariat«, sagt Frau Schöller milde, ich danke ihr und setze endlich meinen Weg fort. In meiner Tasche rumort Madonna. Als ich mich vor dem Eingang noch einmal umdrehe, sehe ich, dass Kollo mir nachblickt. Ohne es zu wollen, muss ich grinsen.

»Jetzt gibt's gleich Leckerchen, Madonna-Schatz«, flüstere ich meiner Schultasche zu, als ich in unseren leeren Klassenraum trete und vorsichtig die Tür hinter mir schließe. Der Glaskasten mit den Rennmäusen steht auf einem

Tisch am Fenster: Valeries Mäuse. Valerie züchtet nämlich zu Hause Wüstenrennmäuse. Sie hat eine solch große Familie herangezogen, dass sie zwei von ihnen in unsere Klasse ausquartiert hat. Sie haben alberne Namen: Fips und Faps heißen sie.

Ich halte mich da lieber an Schlangen. Die fressen übrigens Mäuse, nicht wahr, Madonna?

Rasch nehme ich den Deckel des Terrariums ab, und schon kommen die zwei Mäuse angelaufen, recken sich hoch und machen Männchen. Die denken, ich sei Valerie und würde ihnen ein paar Körner geben. Leider verrechnet, ihr Süßen, ich bin die eiskalte Orchidee, und ich bringe mein Lieblingstier mit, und ich will sehen, ob ihr wirklich so gut rennen könnt, wie euer Name sagt.

Behutsam öffne ich meine Schultasche. Madonna zischt. Zum Zögern bleibt mir keine Zeit. Mit einem geübten Griff packe ich die Schlange. Sie windet sich hin und her, ringelt sich um meine Hand, aber sie entwischt mir nicht, sondern landet im Glaskasten. Schon kommt die eine Maus dumm und neugierig auf Madonna zu, und die tut, was sie tun muss.

Gebannt starre ich auf den Kasten. Die kleine schwarze Maus, die so neugierig war, zappelt nur einen Augenblick. Meine Schlange ist schnell, und meine Schlange ist schön, selbst wenn sie tötet. Während ich sie beobachte, spüre ich plötzlich mein Herz klopfen. Ich habe eine Ungeheuerlichkeit getan, ich habe eine Kornnatter zwischen Valeries zuckersüße Mäuschen geschmuggelt. Wenn das rauskommt, kann ich von der Schule fliegen.

Da! Die Glocke läutet! Nichts wie weg! Ich packe meine Tasche, renne zur Tür, raus aus dem Raum. Noch ist niemand, den ich kenne, auf dem Gang. Nur ein paar jüngere Schüler, die keine Notiz von mir nehmen. Ich mische mich unter sie und gehe zum Klo. Ich zittere. Ich muss meine blutige Hand waschen. Ich muss mich beeilen. Und ich muss vor allem ruhig bleiben. Eiskalt, wie Kollo sagen würde.

In der Mädchentoilette herrscht reges Gedränge. Besonders der Spiegel ist von schminkwütigen Damen umlagert. Aber ich will mein Gesicht sowieso nicht sehen. Ich weiß, dass es viel zu blass ist. Lieber husche ich erst mal in eine Kabine und halte einen Moment inne.

»Findest du den Frank auch so süß?«, höre ich nebenan jemanden fragen. Und mit einem Kichern antwortet es aus einer anderen Kabine: »Ja, der Frank ist niedlich, aber Damian ist noch süßer. Wenn er nur 'n bisschen schlanker wäre!«

Ich halte mir die Ohren zu, denn ich muss mich auf den zweiten Teil des Plans konzentrieren. Auf keinen Fall darf ich jetzt in Panik verfallen: Ich bin mir nämlich alles andere als sicher, ob ich in der Eile den Deckel zurück auf den Kasten gelegt habe. Vielleicht erkundet Madonna gerade seelenruhig die Schule! Nein, ich muss so tun, als hätte ich mit Madonna nichts zu tun. Madonna wird es ohne mich schaffen. Der Hausmeister wird sie einfangen und in den Tierpark bringen. Da hat sie sowieso mehr Auslauf als bei mir. Ich wische mir über die Stirn. Der eiskalten Orchidee wird doch nicht vor Aufregung der Schweiß ausbrechen? Und wenn schon, ich bin für alles gerüstet, ich habe jeden Tag mein komplettes Beauty-Set bei mir: Deo, Lippenstift, Haarbürste, Crèmes und so weiter. Ohne diese Dinge gehe ich grundsätzlich nicht aus dem Haus.

Es läutet zum zweiten Mal und draußen werden die Stimmen allmählich weniger. Ich stelle mich vor den Spiegel, schaufle mir mit beiden Händen Wasser ins Gesicht, trockne mich ab, ziehe mir den Lippenstift nach und zupfe meine Haare zurecht. Ich bin immer noch etwas bleich, aber das steht mir gut, und sonst ist alles perfekt. Madonnas Bisswunden bluten nicht mehr. Ich creme mir die Hände ein, drehe mich noch einmal hin und her und nehme einen Lederbeutel aus meiner Schultasche. Der zweite Teil des Plans sieht vor, so zu tun, als sei alles wie immer. Und ich werde mit diesem Beutel heute ein paar Euro verdienen, wie immer eben. Betont lässig schlendere ich zu meiner Klasse.

Schon auf dem Gang sehe ich den Aufruhr. Eine Schülertraube hat sich vor der Tür gebildet, zwei Lehrer fuchteln mit den Armen und geben hektische Anweisungen, ein Mädchen schreit. Ich schere mich nicht darum. Ein paar Meter abseits bleibe ich stehen und öffne meinen Lederbeutel.

»Hallo Caro, hallo Nina«, rufe ich zu den Mädchen hinüber, die in meiner Nähe stehen. »Ich habe wieder was Neues entworfen, guckt mal!« Fröhlich halte ich zwei kleine Felltäschchen hoch. Das eine ist weiß-violett gepunktet und das andere mintgrün-rosa getigert. Sie haben einen schwarzen Reißverschluss und ein passendes Band zum Umhängen. »Habe ich selbst genäht. Aus Kunstfell. Die kann man als Portemonnaie benutzen oder für Schminksachen oder für Stifte oder ...«

Nina stürzt auf mich zu. »Anna, da drin ist eine *Schlange*«, stößt sie aufgeregt hervor und ich zucke gelassen mit den Schultern:

»Glaub ich nicht, wie soll die denn da reinkommen?«

»Sie hat Fips aufgefressen, er hing ihr noch halb aus dem Maul!«

»Krass«, entfährt es mir, und dann füge ich schnell hinzu: »Glaub ich nicht. Das ist 'n Aprilscherz.«

»Geh doch selbst gucken«, ruft Nina außer sich, aber Caro hat ihren Blick auf die Täschchen geheftet und streckt fasziniert die Hand aus.

»Darf ich die mal sehen? Toll. Gefallen mir total. Hast du die echt selbst genäht? Was willst du dafür haben?«

»Sechs Euro, Freundschaftspreis.« Weder Caro noch Nina sind meine Freundinnen, aber das tut nichts zur Sache.

Caro kramt nach ihrem Geld. »Ich nehm die grüne. Oder hast du noch andere Farben?«

»Ganz viele«, erkläre ich und beginne meine Werke auf dem Fußboden auszubreiten wie ein Händler auf dem Flohmarkt.

»Kuhfellmuster«, quietscht Caro begeistert.

»Das ist doch längst out«, sagt Nina und tritt von einem Fuß auf den anderen.

»Trotzdem, ich kauf die mit dem Kuhfell. Und die rote. Die schenk ich meiner Schwester.«

»Oh, Mann«, ruft Nina, »da drin ist 'ne gefährliche Giftschlange und die eiskalte Orchidee sitzt hier locker rum und verkauft Krimskrams!«

Ich hebe den Kopf und sehe Nina an. Sie hat unruhig flackernde braune Augen. Meine sind stahlblau, das weiß ich. Und sie können verdammt kalt gucken, besonders wenn jemand mich »eiskalte Orchidee« nennt, der das nicht darf. Es gibt nur einen einzigen Menschen, der das darf, und das ist Kollo.

»'tschuldigung«, sagt Nina irritiert, hin und her gerissen zwischen den zwei Attraktionen: Schlange und Felltäschchen.

»Reservier mir mal die Zitronengelbe«, murmelt sie schließlich und wendet sich unentschlossen wieder der Schülertraube vor der Klasse zu. Dort hat der Tumult bereits etwas nachgelassen, die Lehrer haben alle Schüler, die nicht zu unserer Klasse gehören, in ihre Räume getrieben. Unser Klassenlehrer Herr Wilke, der Biolehrer und der Hausmeister sind inzwischen dazugekommen. Nun entdecke ich auch Valerie. Ihr Gesicht ist von den Tränen rot und aufgequollen, und ihre Freunde stehen hilflos um sie herum und versuchen vergeblich, sie zu trösten.

»Die macht vielleicht ein Geschrei wegen einer blöden Maus«, sage ich verächtlich und Caro hört es und blickt mich erschrocken an.

15

»Sie tut mir Leid«, sagt sie.

Ich zucke mit den Schultern. »Ich war sowieso dagegen, Tiere mit in die Schule zu bringen, welchen Sinn soll das haben, dass jede Klasse ihr eigenes Kuscheltier hat. Aber wenn Valerie was will, kriegt sie's ja bekanntlich auch.«

Caro schweigt und sieht an mir vorbei, als sie mir die Geldmünzen in die Hand zählt. Dann steht sie abrupt auf und geht davon. Dabei habe ich Recht: Valerie bekommt alles und Valerie macht alles. Sie ist beliebt bei Schülern und Lehrern, sie ist Klassensprecherin und Chefredakteurin der Schülerzeitung und wahrscheinlich bekommt sie demnächst den Orden für die tollste Schülerin der ganzen Schule. Auch wenn sie so einen Orden noch erfinden müssten: Für Valerie würden sie es tun.

»Anna, hast *du* nicht Schlangen zu Hause?« Mit dieser Frage habe ich nicht gerechnet. Alwine steht vor mir. Mit einem argwöhnischen Blick betrachtet sie meine Waren auf dem Boden und meine rechte Hand, auf der unglücklicherweise wieder etwas Blut zu sehen ist. Hinter ihr tauchen Caro, Nina und Mareike auf. Auch sie sind misstrauisch, und Herrn Wilkes Stimme klingt ernst, als er mich anspricht.

»Stimmt das, Anna Orchidee?«

Herr Wilke ist der einzige Lehrer, der mich beim vollen Namen nennt. Er ist nett, aber auch sehr streng.

»Ja«, hauche ich.

Wie konnte ich nur vergessen, dass Alwine von meinem Terrarium weiß? Habe ich Alwine in den letzten

Monaten so aus meinem Kopf gestrichen, dass mir dieser Fehler unterlaufen konnte?

»Dann kannst du uns vielleicht helfen. Komm mit!«

»Meine Sachen …« Mit einer fahrigen Armbewegung deute ich auf die Felltäschchen.

»Die nimmt dir keiner weg. Bitte, komm jetzt. Wir müssen wissen, ob es sich um eine Giftschlange handelt.«

Ich schlucke, stehe auf und laufe mit wackeligen Beinen hinter Herrn Wilke her.

Meine Mitschüler weichen zur Seite, bilden eine Gasse, durch die ich dem Lehrer folge. Von der Seite spüre ich Kollos Blick. Er hat die Brauen zusammengezogen, sagt aber kein Wort.

»Vorsichtig«, sagt Herr Wilke und öffnet die Tür zum Klassenraum einen Spalt, so dass ich hineinsehen kann.

Madonna hat sich unter dem Schrank verschanzt. Ihr Körper zuckt nervös hin und her. Vor dem Schrank steht der Hausmeister und krempelt sich gerade die Ärmel seines blauen, abgeschabten Kittels hoch. Auf dem Pult liegen Schutzhandschuhe und Werkzeug bereit. Will er Madonna etwa mit einem Hammer k.o. schlagen und dann mit Hilfe einer Kneifzange in den leeren Farbeimer stecken? Mir wird heiß und kalt gleichzeitig. Ich bin ein mieser Mensch. Die arme Madonna. Und die Mäuse? Ich mag gar nicht hinsehen, muss aber doch. Von der schwarzen Maus Fips ist nichts mehr übrig, aber die braune Faps hat die Attacke überlebt, sie rennt hysterisch im Terrarium hin und her, und als ich das sehe, treten mir mit solcher Wucht die Tränen in die Augen, dass Herr Wilke zu mir eilt und meinen Arm ergreift.

»Keine Angst, das kriegen wir schon wieder hin«, sagt er, und ich frage mich, was er da wieder hinkriegen will. Fips ist tot, durch meine Schuld ist er tot. Das ist zwar die Natur, aber irgendwie auch nicht, und Valerie hat es ja verdient, aber irgendwie vielleicht auch nicht, ich weiß nicht. Ich darf vor allem nicht die Nerven verlieren.

»Eine Kreuzotter ist es jedenfalls nicht«, presse ich mühsam hervor. »Schauen Sie sich die Zeichnung an. Ich glaube auch nicht, dass es eine giftige Schlange ist. Zumindest hat sie die Maus lebend verschlungen. Ich tippe mal auf eine Natter. Ich bin mir aber nicht sicher.«

Der Biolehrer nickt. »Das würde ich auch sagen. Obwohl ich auf diesem Gebiet kein Fachmann bin.«

»Hm«, brummt der Hausmeister, zieht die Handschuhe über und nimmt die große Zange. »Hoffentlich habt ihr Recht.«

Glücklicherweise ist unser Hausmeister geschickter, als er aussieht. Mit einem schnellen Griff hat er Madonna gepackt und in den alten Eimer verfrachtet. Deckel drauf und fertig.

»Sehr gut.« Herr Wilke klatscht erleichtert in die Hände.

Der Hausmeister nickt und verzieht den Mund zu einem Lächeln. »Ich sag Ihnen dann Bescheid, ob's wirklich eine Natter war, Herr Wilke«, sagt er zum Abschied und geht hinaus. Madonna nimmt er mit.

Adieu, treue Freundin.

»Sag mal, Anna, kannst du dir erklären, wie so ein Tier in die Schule kommt?«, fragt Herr Wilke plötzlich und sieht mich scharf an.

»Nein«, sage ich und schüttle den Kopf.

»Es ist nicht zufällig eine deiner Schlangen verschwunden?«

»Nein«, wiederhole ich mit Nachdruck.

»Na dann«, sagt er zweifelnd und ruft die anderen herein. »So, die Schlange ist weg, wir fangen mit dem Unterricht an!«

»Und mein Fips?«, fragt Valerie und unvermindert laufen Tränen über ihre Wangen.

Herr Wilke seufzt.

»Na gut. Ich gebe euch die erste Stunde frei. Es lohnt sich sowieso nicht mehr anzufangen. Aber, Moment, wartet! Eine Sache gibt es noch zu klären.« Herr Wilke blickt in die Runde. »Hat irgendjemand von euch eine Ahnung, wie die Schlange hier hereingekommen sein könnte?« Er macht eine Pause. »Schlangen sind in unserer Schule ja nicht gerade eine alltägliche Erscheinung. Es ist also wahrscheinlich, dass diese Schlange absichtlich in die Klasse und in das Terrarium gebracht worden ist.«

In der Klasse ist es still. Man hört nichts außer dem Toben der letzten lebenden Maus, die wie wahnsinnig hin und her rennt und verzweifelt versucht, aus dem Glaskasten zu entkommen.

»Nun?«

»Was kriegen wir dafür?«, fragt Kollo.

In meinen Ohren fängt das Blut an zu rauschen.

»Wenn du etwas weißt, Torsten, solltest du es einfach sagen«, sagt Herr Wilke scharf und funkelt Kollo an. Der legt den Kopf schief und setzt ein überlegenes Grinsen auf: »Ich kann mal überlegen, vielleicht fällt mir was ein.«

»Tu das.« Herr Wilke schließt das Gespräch ab und greift nach seiner Tasche.

»Herr Wilke«, ruft Alwine, und jetzt wird das Rauschen zum Kopfschmerz, »Herr Wilke, Anna hat Schlangen.«

»Das hast du mir vorhin schon gesagt«, bemerkt unser Lehrer ruhig und klemmt sich die Tasche unter den Arm.

»Ja, aber sie hatte gestern auch Streit mit Valerie.«

Herr Wilke sieht mich an. Er weiß es, denke ich. Er wusste es vorhin schon, als er mich um Hilfe gebeten hat. Jetzt ist alles aus. Sie werden eine Klassenkonferenz einleiten und meine Mutter in die Schule rufen. Meine Mutter wird weinen. Sie weint neuerdings viel. Sie schließt sich im Badezimmer ein und weint und denkt, ich würde es nicht merken, aber ich merke alles.

»Hast du die Schlange in die Schule gebracht, Anna Orchidee?«, fragt mich Herr Wilke.

Die Worte hämmern in meinem Kopf, ich höre meine Mutter weinen, ich öffne meinen Mund und heraus kommt: »Nein, Herr Wilke.« Klar und deutlich.

Er nickt und sieht Alwine an. »Hast du gesehen, dass Anna eine Schlange dabeihatte?«

»Gesehen nicht, aber ich trau's ihr zu«, behauptet Alwine kühn.

»Ein Verdacht reicht nicht aus. Leider.« Er sieht mich an und zuckt die Schultern. Er weiß es. Alle wissen es.

Herr Wilke verlässt die Klasse. Ein paar Schüler folgen ihm, die anderen schleichen zum Mäusekasten. Manche werfen mir verstohlene Blicke von der Seite zu, aber niemand kommt auf mich zu oder spricht mich an. Ich erwarte es auch nicht. Ich werfe meine Haare in den Nacken und stolziere auf den Flur. Meine Felltäschchen liegen ausgebreitet auf dem Boden. Ein paar Mitschüler stehen um sie herum.

Nina tritt auf mich zu, zeigt auf die zitronengelbe Tasche und hält mir einen Zehneuroschein hin. Sie bedankt sich nicht für das Wechselgeld. Auch die anderen sind eifrige, aber vollkommen schweigsame Käufer. Nur Fabian spricht mich an.

»Ich möchte eine für Valerie haben«, sagt er.

»Da hast du Glück, ich hab noch genau eine übrig.«

»Schenkst du sie mir für Valerie?«

»Warum?«, frage ich kühl.

»Warum wohl?«, zischt er.

Ich schürze die Lippen und denke nach. In einigem Abstand stehen meine Mitschüler und beobachten uns aufmerksam. Fabian fixiert mich wie ein Raubtier, das man keinen Moment aus den Augen lassen darf.

»Okay«, sage ich leichthin und drücke ihm meine letzte Tasche in die Hand. Sie hat einen hässlichen Flecken am Reißverschluss und ich wäre sie wahrscheinlich sowieso nicht losgeworden.

»Danke«, antwortet Fabian und zeigt ein Lächeln. Es

ist schief, und als er die anderen erreicht, hält er mein Felltäschchen in die Höhe wie eine Trophäe.

»Als ob sie es damit wieder gutmachen könnte«, sagt Alwine laut, aber ich tue so, als hätte ich es nicht gehört. Seelenruhig zähle ich mein Geld, stecke das Portemonnaie zu den Schulsachen und schlendere, ohne mich umzudrehen, den Gang hinunter, durch die Glastür und dann die Treppe hinab zum Schulkiosk. Und als habe er auf mich gewartet, lehnt Kollo an der Theke und kaut lässig einen Schokoriegel.

»Hi, Anna.«

»Hallo, Kollo«, erwidere ich und versuche ihn nicht weiter zu beachten, sondern lehne mich über die Theke und bestelle ein Käsebrötchen und eine Cola.

»Wie geht's deiner Hand?«

Ich fahre herum. Eine Spur zu hastig, denn mein Ellenbogen trifft den Pappbecher mit der Cola, den die Verkäuferin schon auf die Theke gestellt hat, und die braune Limonade schwappt über und malt dunkle Flecken auf meine helle Hose.

»Shit!«

Kollo grinst. »Würde ich auch sagen, wenn ich einen Schlangenbiss an der Hand hätte und jeder in der Schule den Mörder von Valeries Mäuschen sucht.«

»Was meinst du damit?«, frage ich so langsam, als wolle ich es buchstabieren.

»Ach, Anna«, macht Kollo und winkt ab. Die dicke Verkäuferin kommt mit Papiertüchern und dem Käsebrötchen.

»Komm, Mädchen, gib deinen Becher her, ich füll dir nach, ich bin ja nicht so.« Sie gießt mir noch mal Cola ein, nimmt mit einem Lächeln mein Geld und watschelt zurück zu ihrem Stuhl und ihren Illustrierten.

»Wenn die wüsste, was du gemacht hast, wäre sie nicht mehr freundlich zu dir«, sagt Kollo, und so wie er mich ansieht, wird mir heiß und kalt. Ich öffne den Mund, um etwas zu sagen, aber mir fällt diesmal nichts Kluges ein. Auch höre ich Alwine und die anderen die Treppe herunterkommen.

»Ich muss dich nicht verraten«, flüstert er.

»Ach, nein?«, frage ich mit trockener Kehle.

»Nein.«

In diesem Moment stellt sich Valerie neben mich und wirft ihr Felltäschchen demonstrativ in den Mülleimer neben der Theke.

Mir gelingt es gerade noch, mechanisch die Augenbrauen hochzuziehen und gleichgültig mit den Achseln zu zucken, dann fühle ich Kollos Blick und Kollos Nähe. Kollos ganze Anwesenheit fühle ich, und da mir klar ist, dass er mich in der Hand hat, drehe ich mich weg und gehe, so schnell ich kann, auf den Ausgang zu. Raus hier! Hier kann ich nicht denken. Ich lasse mich auf eine der Bänke in der Sonne fallen, schließe die Augen und atme tief durch.

Kaum habe ich die Augen geschlossen, tauchen die Bilder der vergangenen Nacht vor meinen Lidern auf. Ich träumte, mein Vater sei Erdkundelehrer an unserer Schule. Ich sah ihn vor unserer Klasse stehen mit einem Globus in der Hand. Er wollte uns zeigen, wo Neuseeland liegt, aber er fand es nicht, sondern drehte und drehte den Globus immer wieder quietschend um seine Achse, bis Valerie schließlich aufstand und überlegen sagte: »Jetzt ist Schluss, Herr Lessmann, jetzt zeige *ich* Ihnen mal, wo Neuseeland liegt.«

Danach konnte ich nicht mehr schlafen. Ich habe mit offenen Augen im Bett gelegen und Madonna angesehen, die hinter der Glasscheibe des Terrariums züngelte.

»Übrigens, du hast dein Frühstück vergessen. Hier, ich hab's dir mitgebracht.«

Kollos Stimme schreckt mich aus meinen Gedanken. Ich fahre hoch. Er hält mir mein Brötchen und den Becher hin.

»Ah, danke.«

Ich nehme ihm die Sachen ab und stelle sie neben mich auf die Bank. Kollo setzt sich zu mir. Es passt mir nicht, aber ich wage im Moment nicht, etwas zu sagen. Dabei ist Kollo eigentlich der Einzige aus der Klasse, mit dem ich ab und zu rede. Das liegt daran, dass wir zusammen Sport treiben. Wir sind beide in der Kletterwand-AG der Schule, die einzigen Schüler aus dem achten Jahrgang, und da wir etwa gleich groß und gleich schwer sind, sichern wir einander. Aber nun ist da die Sache mit Valerie.

»Warum hast du das gemacht?«, fragt er auch schon.

Ich antworte nicht, sondern halte mein Gesicht in die Sonne, als wolle ich mich bräunen.

»Ich hätte mich nie getraut, eine echte Schlange mit in die Schule zu bringen«, murmelt er nachdenklich, und als ich weiterhin schweige, fragt er: »Hast du das wirklich nur gemacht, weil Valerie gestern einen Witz über deinen Vater gerissen hat?«

»Das war kein Witz«, fauche ich und springe auf. »Du hast keine Ahnung, Kollo, du weißt ja nicht, was sie gesagt hat.«

»Natürlich weiß ich das! Ich war zwar nicht direkt dabei, aber Fabian hat mir alles erzählt. Sie war sauer auf dich, weil du ständig damit rumprahlst, dass dein Vater ein toller Manager wär und viel in der Welt rumreist. Aber du hast Pech gehabt, Anna, sie hat eben rausgekriegt, dass es nicht stimmt. Dein Alter ist ein Säufer und er hat sie nicht mehr alle auf'm Zaun, er ist voll durch den Wind! Okay, dass Val gesagt hat, er wäre bekloppt wie ein BSE-Rind, das war vielleicht etwas heftig, aber mein Gott, du hast sie ja auch provoziert bis zum Gehtnichtmehr und …«

»Halt dein blödes Maul, Kollo«, schreie ich. »Ich weiß selbst, was sie gesagt hat, ich will es von dir nicht noch mal hören!«

»Ich sag, was mir passt, Anna! Wenn du so beschissene Lügen über deinen Alten erzählst, dann brauchst du dich auch nicht wundern, wenn dir einer mit der Wahrheit kommt!«

Kaum hat Kollo das ausgesprochen, weicht er zurück. Ich weiß nicht, wie ich jetzt aussehe, aber ich schätze, ich bin kalkweiß im Gesicht, und meine Hände, das sehe ich, haben sich zu Fäusten geballt. Zwei Fäuste, die jetzt blitzartig auf Kollo zuschießen, aber kurz vor seinem Gesicht in der Luft stehen bleiben, so abrupt, als sei ihnen die Energie ausgegangen. Ich fühle, wie ich am ganzen Körper zittere, meine Kraft und meine Wut lösen sich in bloßes Zittern auf und ich trete zurück und schnappe nach Luft.

»Sorry«, sagt Kollo erschrocken.

Ich fasse mich, setze mich langsam wieder hin.

»Ich hab nicht unbedingt vor, jemandem zu sagen, was ich weiß«, sagt Kollo, als ich mich beruhigt habe.

»So?«

»Hmmm«, macht er und rutscht etwas näher an mich heran.

»Und was willst du für dein Schweigen?«

Er sieht mich an. Seine Wangen sind gerötet, seine graublauen Augen blicken unsicher und seine trockenen Lippen beben ein bisschen.

»Einen Kuss«, sagt er.

»Hä??!«

Mit einem Satz bin ich runter von der Bank, habe meine Tasche gekrallt, mein Frühstück – nichts wie weg!

»Anna!« Er packt den Trageriemen meiner Tasche. Ich will mich losreißen, aber Kollo gibt nicht nach, und da nehme ich den Becher mit der Cola, und diesmal hat mein Körper keinen Stromausfall. Mein Arm schwingt hoch und die Cola lernt fliegen, direkt in Kollos Gesicht.

»Scheiße, Anna, ich …«

Er lässt mich los, wischt sich mit dem Handrücken die Augen, und ich kann nicht anders, ich lache, und dann laufe ich fort und er ruft mir nach: »Verdammt noch mal, Anna, ich werd auch so keinem Menschen was erzählen, und das, weil ich dich mag, deshalb!«

Als die Worte mein Hirn erreichen, fange ich an, langsamer zu gehen. Umdrehen kann ich mich nicht mehr. Das bringe ich nicht. Kollo mag mich? Hat der 'nen Schaden? Mich mag überhaupt keiner. Und gerade Kollo hat am wenigsten Grund dazu. Habe ich Kollo nicht auf der Klassenfahrt im letzten Jahr so derb abblitzen lassen, dass er beim Sport wochenlang nicht mehr mit mir gesprochen hat? Dabei hatte er mir einen so süßen Liebesbrief geschrieben: zehn Rechtschreibfehler in vierzehn Worten, umrandet von mindestens fünfzig windschiefen Herzchen, die von krummen Pfeilen durchschossen wurden. Am Ende des kaum lesbaren, superschnulzigen Textes sollte ich ankreuzen: »Liebst du mich auch? Ja oder nein.« Ich hab mit 'nem breiten, roten Filzer »nein« angekreuzt und dazu noch die zehn Fehler, und dann hab ich einen dicken Kaugummi genommen und den Zettel an die Zimmertür der Jungs geklebt. Seitdem nennt mich Kollo die eiskalte Orchidee. Und er hat Recht.

Der Rest des Schultages verläuft schleppend. Ich vermeide jeden Kontakt mit Kollo und er mit mir. Auch die anderen meiden mich, aber das ist ja nichts Ungewöhnliches. Meinen Tisch teile mit Markus und der ist ein Außenseiter wie ich. Markus bezeichnet sich selbst als Satanisten, trägt am liebsten ein T-Shirt, auf dem *Fuck Jesus* steht, und wenn er mit mir redet, dann nur über Horrorfilme. Kollo sitzt direkt hinter mir, und manchmal spüre ich seine Blicke im Nacken, so intensiv, dass mir die Härchen hochstehen. Valerie sitzt natürlich vorn in der ersten Reihe. Heute meldet sie sich längst nicht so eifrig wie sonst, sondern schnieft die ganze Zeit vor sich hin. Das Thema »Schlange« begleitet uns durch den ganzen Vormittag. Alwine und Fabian melden sich einfach zu Beginn jeder Stunde und erzählen unaufgefordert vom Tod des armen Fips, vom tollkühnen Hausmeister, der den Kampf mit dem Ungeheuer aufgenommen hat, und von der verdächtigen Anna, die solche Monster zu Hause züchtet. Die zarte Madonna wächst dabei zu einer Anakonda heran, und die Mäuse, die außer Valerie nie jemand gefüttert hat und die hungern mussten, wenn Valerie mal krank war, sind posthum die liebsten Freunde der ganzen Klasse geworden. Nach der vierten Stunde kann ich das dumme Gerede nicht mehr hören und überlege ernsthaft, ob ich mir nicht demonstrativ meinen Walkman aufsetzen soll, als mich unvermittelt mein Tischnachbar anspricht.

»Orchid« – er nennt mich nur bei der englischen Version meines zweiten Vornamens –, »hast du den Film mit der menschenfressenden Riesenschlange gesehen? Ich hab ihn auf Video, ich kann ihn dir leihen.«

»Gerne«, sage ich und schenke ihm ein Lächeln, das er sogar erwidert, bevor er sich erneut dem Bemalen seines Englischheftes widmet. Markus zeichnet ständig etwas, und obwohl mich das sonst nie interessiert, sehe ich mir seine Zeichnungen diesmal genauer an. Es handelt sich um Grabsteine in allen erdenklichen Formen, einen ganzen Friedhof hat er zwischen die Vokabeln der letzten Stunde gemalt. Auf dem größten Stein lese ich in verschnörkelten Buchstaben seinen Namen, Markus Kühn, und sein Todesdatum: heute. Die anderen Grabsteine daneben gehören den Mitschülern: Alwine weilt schon seit fünf Jahren nicht mehr unter uns, Valerie ruht gar seit 1924 in Frieden und Kollo hat es letzte Woche erwischt.

Mir wird übel. Ich wende mich ab. Markus tickt ja nicht richtig. Ich versuche, an etwas anderes zu denken, aber mein einziger Gedanke ist, dass mein Vater unheilbar krank ist und wirklich bald sterben wird.

Mein Vater ist verwirrt, da hat Valerie Recht, aber er ist kein Säufer. Das hat Alwine ihr eingeredet. Alwine hat nämlich gedacht, mein Vater sei betrunken gewesen, als sie mich damals besucht hat. Das ist jetzt etwa ein halbes Jahr her. Die Freundschaft zwischen ihr und mir war zu diesem Zeitpunkt schon nicht mehr so eng wie früher. Ich hatte mich zurückgezogen, denn ich schämte mich, Freunde zu mir nach Hause einzuladen. Es hätte mir einfach zu wehgetan, wenn sie gemerkt hätten, dass mein Vater mich mit Rosalinde oder Magnolienblüte anredete. Er hat das nicht absichtlich getan. Er hat einfach irgendwann meinen zweiten Vornamen vergessen, auf den er einmal so stolz gewesen war. Aber er hat nun mal die Krankheit, bei der man alles vergisst.

Warum ich das Alwine nie erzählt habe, weiß ich nicht. Vielleicht wollte ich damit warten, bis ich mich selbst mit dem Gedanken abgefunden hatte, vielleicht habe ich auch befürchtet, dass sie es nicht verstehen und mich auslachen würde. Wie sollte meine Freundin etwas akzeptieren, das ich selbst nicht akzeptieren konnte?

In der Zeit, als man meinem Vater seine Verwirrung deutlich anzumerken begann, litt ich oft unter Magenschmerzen und konnte manchmal mehrere Tage nicht in die Schule gehen. Einmal, als ich wieder besonders lange fehlte, kam überraschend Alwine, um mir die Hausaufgaben zu bringen. Ich lag in eine Decke gewickelt auf dem Sofa im Wohnzimmer und sah fern. Meine Mutter war einkaufen. Mein Vater öffnete die Tür, und als Alwine nach mir fragte, hörte ich ihn laut und fröhlich antworten: »Komm rein, die Tulpenzwiebel liegt auf der Couch!«

Alwine dachte, er würde einen Scherz machen, und lachte, aber als sie sich zu mir setzte, kam mein Vater ins Wohnzimmer und wollte sein »morgendliches Gymnastikprogramm« beginnen. Ich versuchte ihn davon abzubringen, jedoch ohne Erfolg. Vor Alwines Augen schob er die Stühle zur Seite und lief seine Runden. Eine um den Esstisch, eine um den Wohnzimmertisch, eine um den Esstisch, eine um den Wohnzimmertisch. Dazu sang er Sauflieder und ab und zu ein Stück aus einer Oper.

Alwine glotzte. Hefte und Bücher rutschten ihr aus den Händen. Mein Vater merkte es nicht. Harmlos fragte er Alwine, ob sie mit ihm Sport treiben wolle, man dürfe schließlich nicht rosten, und die Blumenzwiebel sei verletzt, mit der könne er nicht trainieren.

Alwine stand der Mund offen. Ich schämte mich so, dass ich mich am liebsten unter die Decke verkrochen hätte.

Schließlich flüsterte Alwine: »Der ist ja total besoffen.«

»Nein«, sagte ich und richtete mich auf. »Wirklich nicht, Alwine, er ist nicht betrunken, ich kann dir das erklären, er …«

»… die längste Theke der Welt …«, sang mein Vater.

»Er trinkt gar nichts, Alwine, er ist krank, er … er … bitte sag das nicht den anderen, ich will es nicht, er …«

»Ja, ja«, sagte Alwine und stand auf. »Ich muss jetzt sowieso gehen.«

»Alwine«, rief ich, aber sie drehte sich nicht um und sie kam nie wieder zu mir.

Wenigstens hat sie nie jemandem verraten, was sie gesehen hat. Wenn ich die Geschichte vom viel beschäftigten Manager erzählte, hat sie mir stets nur einen Vogel gezeigt und sich abgewandt. Vielleicht dachte sie, als ehemalige Freundin müsse sie noch einen Rest Loyalität wahren.

Ich seufze und sofort spricht mich Frau Schöller an: »Anna! Geht es dir nicht gut? Du siehst so blass aus, ist alles in Ordnung?«

»Ja, ja«, weiche ich aus.

»Möchtest du ein bisschen an die frische Luft gehen?«

»Nein, danke.«

Während der Unterricht weitergeht, höre ich Alwine zu Fabian sagen: »Die macht sich bestimmt Sorgen um ihre Schlange. Hoffentlich hat der Hausmeister das Biest schon gehäutet.«

Fabian dreht sich zu mir um und grinst gehässig, aber ich habe meine kleine Schwäche vorerst überwunden, ich weiß wieder, wo und wer ich bin: Ich bin die eiskalte Orchidee und ich trauere weder um Alwine noch um Madonna. Ich nehme meine Haarbürste aus der Schultasche, rutsche mit dem Stuhl etwas von Markus weg, lehne meinen Oberkörper nach rechts, so dass ich mich im Spiegel über dem Waschbecken sehen kann, und beginne, mich ausgiebig zu kämmen.

»Erzähl mal von der Schule«, sagt meine Mutter beim Mittagessen. Sie stößt mich mit dem Ellenbogen an und lächelt mir aufmunternd zu. Mein Vater ist dabei, sein Stück Fleisch klein zu schneiden, er schneidet mit voller Kraft, aber sein Messer hat das Fleisch längst durchtrennt und ratscht nutzlos auf dem Porzellan hin und her.

»Du hast es schon durch«, sage ich und beuge mich über den Tisch zu ihm hinüber.

»Wo?«

»Da! Du hast das Stück schon abgeschnitten. Du schneidest gerade den Teller klein, Papa.«

»Oh, hab ich gar nicht gesehen!«

Mein Vater wird rot.

»Auf den Frühlingsanfang«, sagt meine Mutter überlaut und hebt ihr Glas mit Orangensaft.

»Seit wann stoßen wir darauf an?«, fragt mein Vater erstaunt.

»Seit jetzt«, antwortet meine Mutter und wird verlegen.

»Also, auf den Frühlingsanfang«, sage ich.

Mein Vater nickt und hebt sein Glas. Es zittert ein wenig in seiner Hand.

Meine Mutter lächelt. Die Gläser klimpern aneinander.

»Na, dann lasst's euch schmecken«, sagt sie.

Nach der Schule fragt sie nicht mehr, und das ist auch ganz gut so, denn ich kann sie so schlecht belügen.

Nach dem Essen gehe ich mit meinem Vater in den Garten. Wir setzen uns auf die Bank in der Sonne, und er zeigt mir stolz einen Blumentopf, in den ein kleiner Ableger unseres Walnussbaumes gepflanzt ist.

»Jeden Tag wächst er ein Stück. Irgendwann wird er so groß sein wie der da«, sagt mein Vater versonnen und zeigt auf unseren haushohen Nussbaum. Dieser Baum ist schon so lange da, wie ich denken kann. Als ich klein war, hat meine Mutter im Sommer meinen Kinderwagen in seinen Schatten gestellt und die weichen Blüten sind auf mich herabgesegelt.

»Ich kann sehen, wie er wächst. Wenn ich genau hinschaue, sehe ich es, Anna. Schau mal, ob du es auch siehst.«

Er gibt mir den Blumentopf in die Hände. Ich starre die hellgrünen Blätter an. Über eines kriecht eine Raupe. Ich weiß nicht, was ich sagen soll.

»Siehst du es?«

»Ja, Papa, ich sehe es.«

Er strahlt, aber in seinen Augen glitzern plötzlich Tränen.

»Anna, heißt du nicht auch … heißt du nicht nach diesem Baum? Hab ich dich nicht nach dem Baum genannt?«

»Nicht ganz, Papa.«

»Wie – wie hab ich dich genannt?«

»Orchidee.«

»Ah ja.« Er seufzt und wischt sich mit der Hand über das Gesicht. Dann legt er einen Arm um meine Schulter.

»Anna Orchidee«, wiederholt er. »Ein besonderer Name für eine besondere Tochter.«

Die Tränen steigen mir in die Augen. Mein Vater soll mich aber nicht weinen sehen. Er sieht Mama auch nie weinen. Mama schließt sich immer in der Toilette ein. Ich mache mich los, drücke ihm noch einen Kuss auf die Wange.

»Ich muss jetzt gehen. Ich hab dich lieb, Papa.«

Er lächelt und nickt.

»Ich bleibe hier und passe auf, dass der kleine Baum wächst.«

Heute bin ich froh, dass meine Mutter mich zum Einkaufen schickt. Nicht nur, weil etwas Geld für mich übrig bleibt, sondern auch, weil es mich ablenkt. Ich kann in aller Ruhe durch die Läden schlendern, Klamotten anprobieren, Ideen für eigene modische Kreationen sammeln, Zeitschriften durchblättern, Parfüms ausprobieren und so tun, als wäre ich ein ganz normales, sorgloses Mädchen. Bis in den frühen Abend hinein bummle ich durch die Geschäfte. Da ich die Lebensmittel natürlich zuletzt besorge, habe ich Pech und komme genau in der Stoßzeit im Supermarkt an. Die Warteschlangen an den Kassen ziehen sich endlos. Das ist ärgerlich, denn nun muss ich mich langsam beeilen, in einer halben Stunde will ich zum Sport in der Schule sein. Mürrisch stelle ich mich an. Ich habe nur wenige Teile, aber die Oma vor mir mit dem vollen Wagen zu bitten, mich vorzulassen, hat keinen Sinn. Sie wirft mir schon jetzt einen so bösen Blick zu, dass ich nur eine Grimasse ziehe.

Doch kaum habe ich mich angestellt und auf einige Minuten Wartezeit eingerichtet, höre ich hinter mir unflätiges Schimpfen und Poltern, und bevor ich mich umdrehen kann, werde ich zur Seite geschubst.

»Lasst uns mal vor hier! Für drei Dosen Bier müssen wir ja wohl nicht zehn Stunden Schlange stehen!«

Ich erkenne die vier Jungs sofort. Sie sind bei uns auf der Schule, zwei Klassen höher, und so berüchtigt, dass jeder sie kennt. Alle vier tragen Bomberjacken und Springerstiefel und machen voll auf Fascho.

Die Oma vor mir weicht ängstlich zur Seite. Auch die junge Frau vor der Oma zieht ihre kleine Tochter schnell an sich und macht den Weg für die Jungen frei.

»Ey«, sage ich leise, als sie sich an mir vorbeidrängen.

»Was denn?«, fragt der eine und dreht sich zu mir um. »Die Leute hier sind so nett und lassen uns vor, also halt die Klappe.«

Jetzt stellen sie ihre Bierdosen aufs Laufband, die Kassiererin hebt die Augenbrauen, sieht die junge Mutter an, die Oma, mich, schweigt und zieht die Dosen über den Scanner.

»Toll«, brumme ich und fange mir einen giftigen Blick von einem der Jungen ein. Dem werde ich wohl morgen auf dem Schulhof aus dem Weg gehen müssen, aber egal. Kaum sind sie weg, fangen die drei Frauen vor mir zu schimpfen an: »Die Jugend von heute«, und: »Wo soll das hinführen? Man traut sich ja gar nicht mehr auf die Straße.«

»Hätten Sie mal eher was gesagt«, bemerke ich, als ich an der Reihe bin und die Frauen noch immer dastehen und sich aufregen. Doch sie ignorieren mich, und ich habe es auch eilig, denn ich will einigermaßen pünktlich beim Sport sein.

6

Kollo ist noch nicht da. Sein rotes Rennrad, das sonst immer mit mehreren Schlössern gesichert im Flur der Schulsporthalle steht, fehlt. Vielleicht kommt er heute Abend gar nicht, denke ich, als ich mich umziehe. Vielleicht habe ich es zu weit getrieben, als ich ihm die Cola ins Gesicht geschüttet habe. Aber er hat danach erst gesagt, dass er mich mag. Also kann er nicht allzu wütend sein. Ach, was mache ich mir eigentlich darüber Gedanken! Wenn Kollo nicht kommt, kann ich mich zu Maik und Arabella stellen. Die beiden sind in der Oberstufe und ganz nett. Aber seltsam ist es trotzdem, dass er nicht kommt.

Ich ziehe meinen Klettergurt an und gehe in die Halle.

Die anderen sind schon da, ich bin die Letzte. Einige klettern bereits. Maik und Arabella, beide schon ziemlich erfahren, wollen sich offensichtlich zum ersten Mal an den schwierigen Überhang wagen. Sie zeigen ehrfürchtig auf die Wand und diskutieren heftig. Unser Lehrer wird derweil von einigen Fünftklässlern umringt, die neu dabei sind und laut durcheinander rufen. Und dort, auf einer der

Matten, sitzt Kollo, dreht einen Haken zwischen den Fingern hin und her und sieht mich an.

Also ist er doch gekommen! Und ich hab mir Gedanken gemacht! Reine Zeitverschwendung! Ich gebe mir einen Ruck und gehe auf ihn zu.

»Hallo Anna«, begrüßt er mich. »Ich dachte, du kommst nicht mehr.«

»Wieso? Ich dachte, du kommst nicht«, gebe ich zurück.

»Ich war pünktlich hier.«

»Und wo ist dein Fahrrad?«

»Oh, der eiskalten Orchidee ist aufgefallen, dass ich ein Fahrrad besaß. Das wundert mich aber. Ich dachte, andere Menschen interessieren dich nicht.«

»Willst du mich anmachen oder was?«, frage ich gereizt und bemerke zu spät, dass ich sehr laut gesprochen habe und sich einige Köpfe nach mir umdrehen.

»Nee danke. Das versuche ich lieber nicht mehr.«

Das sitzt. Ich fühle, wie ich rot werde.

Er steht auf und sieht mir in die Augen.

Ich schweige.

»Wollen wir auch den Überhang probieren?«, fragt er auf einmal.

»Wenn du dir das zutraust«, blaffe ich und ärgere mich im gleichen Moment über mich selbst. Treib's nicht zu toll, Anna Orchidee, vor dem Überhang hast selbst du die Hosen voll.

Kollo lächelt und geht zu Maik und Arabella. »Welche Bahn nehmt ihr?«

»Wir wollten mal die grüne 6er hier probieren. Die soll ganz schön schwierig sein. Leider kann uns Herr Wilke heute nicht helfen, er hat die Kleinen da.«

Ich bin erleichtert. Es ist mir ganz lieb, wenn Herr Wilke sich heute nicht so um uns kümmern kann. Mit dem hatte ich am Morgen schon genug zu tun.

»Wir machen auch den Überhang, wir probieren mal die gelbe 5er neben euch«, beschließt Kollo und Arabella und Maik sehen mich erstaunt an.

»Du auch?«, fragt Arabella und ich nicke unsicher.

»Vielleicht solltet ihr das machen, wenn Herr Wilke mehr Zeit hat und euch Tipps geben kann.«

Doch Kollo hört nicht auf sie, sondern packt das Seil, das von der Decke hängt, und knüpft uns aneinander. Während er knotet, sehe ich mir die Bahn genauer an. Die Griffe sind in so großem Abstand voneinander gesteckt, dass man sie kaum erreichen kann, und manche von ihnen sind so winzig, dass sie nur mit den Fingerspitzen zu greifen sind. Das werde ich nicht schaffen. Ich habe nicht so viel Kraft wie Maik und bin längst nicht so klein und leicht wie Arabella. Ich kann keinen Überhang klettern. Weder habe ich die Erfahrung, noch weiß ich, wann und wie man sich am besten in das zweite Seil einklickt. Ich werde abstürzen und mir die Knochen brechen und Herr Wilke wird toben. Was ich vorhabe, ist völliger Schwachsinn!

Kollo steht hinter mir und wartet ab. Er wartet wohl darauf, dass ich mich blamiere. Den Gefallen werde ich ihm aber nicht tun!

»Ich klettere diese Tour noch nicht«, sage ich fest. »Zu schwierig. Solltest du auch nicht, Kollo.«

Kollo öffnet den Mund. Wäre ich tatsächlich hinaufgekommen und hätte ihm stolz von oben zugewunken, er hätte nicht erstaunter sein können.

»Lass uns die rote 4 wiederholen. Die ist ein gutes Training.«

Ich klicke mich aus, lasse ihn stehen und schlendere zu der Bahn hinüber, die ich letzte Woche gerade eben geschafft habe. »Hier, die, die nehm ich. Ich will erst mal sicherer werden.«

Kollo starrt mich immer noch an. Dann kommt er. Langsam. Er sagt nicht, dass ich ein Feigling sei oder dass er den Überhang allein probieren wolle. Er sagt gar nichts. Er grinst auch nicht mehr überlegen, sondern sieht eher beschämt aus. Ich klicke uns ein und beginne zu klettern. Leicht und wendig erreiche ich den oberen Rand. Diesmal macht mir die Bahn kaum noch Schwierigkeiten. Noch einmal üben und ich werde sie im Schlaf können, wie eine Eidechse. Froh lasse ich mich herabschwingen und jetzt ist Kollo an der Reihe. Schweigend steigt er auf.

Als er wieder unten ist, kommt Herr Wilke zu uns herüber und bemerkt beiläufig: »Deine Schlange, Anna Orchidee, war übrigens eine Kornnatter. Wir haben sie in den Zoo gebracht.«

Ich bin erleichtert, frage aber dennoch: »Wieso *meine* Schlange?«

»Ach, nur so«, sagt er und geht zu Maik und Arabella hinüber.

»Weiß er es?«, flüstert Kollo.

Ich lächle. »Er kann nichts beweisen.«

Kollo nickt.

»Mein Fahrrad ist übrigens geklaut worden«, sagt er unvermittelt.

»Oh.«

»Ja, bei uns im Hausflur. Ich hab's mit drei Schlössern gesichert, aber es hat nichts genutzt.«

»Tut mir Leid.«

»Ja, das ist bescheuert. Aber wenn du willst, können wir nachher ein Stück zusammen nach Hause gehen. Du gehst doch immer zu Fuß, oder?«

»Äh, ja …«, sage ich überrascht.

Kollo wird rot, aber er spricht weiter: »Ich dachte, ich könnte dir bei *Da Luigi* ein Eis spendieren, wegen der dummen Idee mit dem Überhang und wegen heute Morgen, na ja …«

»Dafür hast du doch schon die Cola ins Gesicht gekriegt!«

»Ja«, lacht er gequält.

»Ich überleg's mir«, sage ich.

Obwohl wir nicht mehr darüber gesprochen haben, wartet er am Ausgang der Sporthalle auf mich. Schon von weitem kann ich seine Unsicherheit sehen, er hat die Schultern hochgezogen und die Hände in die Hosentaschen gesteckt. Ich werde aus Kollo nicht schlau. Was will dieser Typ von mir? Am Morgen versucht er mich zu erpressen, am Nachmittag zu einer Dummheit zu überreden und am Abend schwatzt er mir ein Date auf.

»Isst du ein Eis mit mir, eiskalte Orchidee?«

»Wenn du keine Angst hast, dass du dir die Lippen dran verbrennst«, antworte ich.

»Am Eis?«

»Man kann sich auch an großer Kälte verbrennen.«

»Weiß ich. Ich meinte eher: Soll ich aufpassen, dass ich mich nicht an der Kälte des Eises verbrenne oder an der Kälte deiner Lippen?«

Ich bleibe stehen. So unsicher ist er gar nicht. Er tut nur so. Er ist im Gegenteil ganz schön direkt.

»Wer hat gesagt, dass ich dich küsse?«

»Du hast es gesagt!«

»So weit kommt das noch«, schimpfe ich, trete mit dem Fuß die Tür auf und stapfe los. Draußen ist es lau, die Luft riecht nach Frühling und die Vögel lärmen in den Bäumen.

»Dir bekommt der Frühling nicht«, sage ich zu Kollo, der neben mir geht.

Er wirft mir einen Blick zu. »Vielleicht«, sagt er und lächelt.

Den ganzen Weg bis zur Eisdiele schweigen wir, auch unser Eis löffeln wir schweigend, aber manchmal begegnen sich unsere Blicke, und da Kollo jedes Mal grinst, will ich nicht so sein und grinse zurück.

»Jetzt haben wir Frieden miteinander geschlossen«, sage ich, nachdem er bezahlt hat.

»Siehst du das so?«, fragt er und schüttelt lachend den Kopf.

»In etwa, ja, wegen unseres Streites, und so überhaupt«, stammle ich. Verflixt, was ist denn mit mir los, dieser Kollo bringt mich ganz durcheinander.

»Frieden mit der Eisblume«, lacht Kollo und streckt mir die Hand hin. »Lass uns die Hand schütteln zum Zeichen des Friedens, Eisblume.«

»Was soll das? Veräppel mich nicht! Ich bin keine Eisblume.«

»Doch«, behauptet Kollo und lehnt sich über den Tisch zu mir herüber. »Du bist schön und geheimnisvoll wie die Eisblumen am Fenster im Winter. Außergewöhnlich auch, denn die sieht man ja heute kaum noch. Nur wehe, wenn man dir zu nahe kommt, wenn man dich anhaucht« – er pustet mir doch glatt in den Ausschnitt, der dreiste Kerl! –, »dann ziehst du dich sofort zurück, schmilzt einfach weg und übrig bleibt nur kaltes Wasser.«

»Das stimmt nicht«, rufe ich.

»Und ob das stimmt«, sagt Kollo, steht auf und nimmt seine Jacke.

Ich eile ihm nach.

»Warte gefälligst!«

»Lass uns die Ringstraße zurückgehen, da entlang!«

»Nein, wieso, ich will durch den Park, das geht schneller.«

»Da will ich aber nicht lang«, beharrt er.

»Was hast du denn auf einmal?«, rufe ich. »Es war doch ein netter Abend, oder?«

Er zieht die Augenbrauen hoch, nickt dann.

»Ja, sicher. Trotzdem will ich nicht durch den Park gehen.«

»Und wieso?«

»Weil da neuerdings so doofe Typen rumhängen.«

Ich schüttle den Kopf.

»Kollo, ich hab's eilig. Ich sollte eigentlich schon vor einer halben Stunde zu Hause sein. Jetzt stell dich bloß nicht an! Ich geh sonst allein durch den Park.«

Er tritt von einem Fuß auf den anderen, beißt sich auf die Lippe.

»Na gut«, brummt er.

Der Park ist um diese Zeit sehr angenehm. Es sind kaum noch Leute unterwegs, überall blüht's und duftet's und die Vögel trällern ihr Abendlied. Das fällt mir auf, weil ich diesen Weg normalerweise nicht nehme, schließlich mache ich nicht den Umweg an der Eisdiele vorbei. Nach ein paar Minuten verstehe ich allerdings, was Kollo gemeint hat. Etliche Typen haben sich an dem Regenhäuschen versammelt. Ihr Lärm schallt bis zu uns herüber, sie haben harte, deutsche Rockmusik aufgedreht, einen Kranz von leeren Bierdosen um sich herum verteilt und ähneln erstaunlich den vier Jungs, die ich heute im Laden getroffen habe.

Kollo wirft mir einen Blick zu.

»Weißt du jetzt Bescheid?«

»Ja«, gebe ich zu. »Können wir denen nicht ausweichen?«

»Wir müssten durchs Unterholz krabbeln. Einen anderen Weg gibt's hier nicht. Außerdem haben sie uns eh schon gesehen.«

Ein Hund fängt an zu kläffen. Es ist ein Pitbull und ich bleibe entsetzt stehen.

»Ich geh da nicht dran vorbei!«

»Der Hund ist eigentlich immer an der Leine«, sagt Kollo.

»Was heißt *eigentlich?*«

»Immer wenn ich mit dem Rad an denen vorbeigefahren bin«, sagt er und geht weiter, als ob nichts wäre.

»Mit dem Rad hast du vielleicht noch 'ne Chance wegzukommen«, flüstere ich und folge ihm langsam.

»Auch nicht«, sagt Kollo. »Die Biester sind zu schnell.«

»Shit«, flüstere ich und jetzt ist die Angst massiv da.

47

Hunde können Angst riechen. Zieht der deshalb so an der Leine? Und die Jungs? Sie haben unsere Angst auch gespürt. Sie blicken uns entgegen. Sie tragen Bomberjacken und haben kahle Schädel. Sie stellen sich auf den Weg. Sie grinsen. Einen erkenne ich wieder, ich habe ihn im Laden gesehen. Ein anderer ist in unserer Parallelklasse. Das ist ein Schläger. Er zieht die Hände aus den Taschen. Der Hund knurrt und fletscht die Zähne. Der Kerl streicht über seine Fingerknöchel.

»Einfach weitergehen«, sagt Kollo beschwörend und ergreift meine Hand. Seine ist warm. Sie ist ein Halt. »Einfach immer weitergehen«, wiederholt er.

»Hey du! Heiße Perle haste da«, ruft einer der Jungs. Es ist der aus dem Supermarkt. Er erkennt mich nicht. Er lacht nur laut und die anderen fallen ein.

Kollo reagiert nicht. Er umklammert meine Hand fester, setzt einen Fuß vor den anderen und zieht mich mit.

Ein anderer pfeift und macht ein paar ruckartige Bewegungen mit dem Unterkörper. »Guckt mal, Leute, das niedliche Liebespaar!« Er nimmt einen Schluck aus seiner Bierdose. »Prost!«

»Voll die Sexbombe, ist die nicht zu scharf für dich, Pickelgesicht?«, ruft ein Dritter.

Wir sind jetzt auf gleicher Höhe mit ihnen. Der Hund bellt wütend, aber seine Leine hält ihn zurück. Die Glatzköpfe treten auf uns zu. Wir weichen auf die matschige Wiese aus.

»Pass auf, dass du nicht fällst, kleiner Wichser!«

Einer springt auf uns zu und täuscht einen Schlag an.

Ich schreie auf und klammere mich an Kollo, aber darauf haben sie nur gewartet, denn sie brechen in wildes Lachen aus und klopfen sich auf die Schenkel.

»Prost, Alter! Die ist klasse, die Kleine, buh, pass auf, gleich kommt der böse Benny, dann bist du sie los!«

Sie kriegen sich nicht mehr ein vor Lachen.

Kollo aber geht weiter und ich mit ihm. Wir gehen einfach immer weiter und irgendwann wird der Abstand zu ihnen größer und das Lachen leiser und dann sind wir um die Biegung herum und nach ein paar hundert Metern aus dem Park heraus und stehen auf der Straße und halten uns noch immer fest.

Ich liege im Bett und entwerfe gerade ein Armband, das, wie eine Schlange geformt, sich in zwei Windungen um das Handgelenk schlängeln soll, als meine Mutter ins Zimmer kommt.

»Anna Orchidee, was erfindest du denn schon wieder?«, fragt sie freundlich und setzt sich auf meine Bettkante.

»Ein Schlangenarmband. Guck mal.« Ich lege ihr das Papiermuster um den Arm. »Als Grundlage will ich Leder nehmen, damit es schön stabil ist. Darauf nähe ich dann den Glitzerstoff hier. Und diese Perlen habe ich heute im Kreativ-Markt gefunden. Daraus mache ich die Augen.«

»Schön. Schenkst du mir eins, wenn die Armbänder fertig sind?«

»Na klar.«

Wir sehen uns an. Meine Mutter ist viel jünger als mein Vater. Daher kommt sie mir manchmal eher wie eine große Schwester vor, nicht wie meine Mutter.

»Sag mal, apropos Schlangen. Kann es sein, dass eine verschwunden ist?«

Ich werde rot. »Na ja …«

Ich könnte schlichtweg behaupten, Madonna sei gestorben, aber so gut ich andere Menschen belügen kann, so schlecht kann ich es bei meiner Mutter.

»Dein Klassenlehrer, Herr Wilke, hat angerufen.«

»Was?« Ich fahre im Bett hoch.

»Ja. Er hat mir von der Kornnatter in der Schule erzählt. Mir wäre ja gar nicht aufgefallen, dass eine fehlt. Du weißt, ich hätte lieber einen Hund gehabt.«

»Und was hast du ihm gesagt?«, rufe ich.

»Na, was denkst du wohl«, schnappt sie, steht auf und geht zum Terrarium hinüber. Sabrina und Mariah schlafen. Meine Mutter klopft mit dem Fingerknöchel an das Glas, aber die Damen rühren sich nicht.

»Mama, was hast du ihm gesagt?«, wiederhole ich und steige aus dem Bett.

»Ich hab ihm gesagt, dass du mal Schlangen hattest, dass du sie aber vor drei Wochen verkauft hast und wir uns nun einen netten Hund aussuchen.«

»Gott sei Dank!« Erleichtert lasse ich mich aufs Bett zurückfallen.

»Ja, finde ich auch. Ich hab an einen Dackel gedacht. Den wollte ich als Kind immer schon haben.«

»Was?«

»Was? Was? Was?«, ruft meine Mutter. »Du wirst diese Tiere abschaffen. Es gibt eine Schlangenfarm, zwanzig Kilometer von hier. Ich fahr dich hin. Und dann fahren wir ins Tierheim und ich erfülle mir einen Wunsch.«

»Einen Dackel?«, frage ich angewidert.

51

»Ja, einen Dackel, einen Rauhaardackel, wenn du's genau wissen willst. Das sind nette Tiere. Nicht so kalte Wesen wie deine Schlangen. Und jetzt kannst du deiner Mutter danken, dass sie so geistesgegenwärtig war und deinen Lehrer angelogen hat. Du hättest nämlich eine Menge Ärger bekommen. Was hast du dir dabei gedacht?«

»Einen Dackel«, wiederhole ich entgeistert.

»Ich hab dich was gefragt, Anna Orchidee.«

»Valerie hat mich beleidigt.«

»Ach, und das reicht aus, um …«

»Ja«, brülle ich so laut, dass mein Vater im Schlafanzug die Tür öffnet und mit einem fröhlichen Lächeln auf den Lippen fragt: »Wollen wir joggen gehen, es ist so ein schöner Abend?«

»Jetzt nicht, Klaus«, fährt meine Mutter ihn an und er guckt beleidigt und schließt die Tür.

»Also?« Die Stimme meiner Mutter vibriert vor Wut.

»Sie hat ihn beleidigt.«

»Wen?«

»Papa!«

»Papa?« Ihr Ärger verschwindet schlagartig. Sie bleibt einen Moment unschlüssig stehen, streicht sich eine Haarsträhne aus dem Gesicht. Mir fällt auf, dass sie gar nicht mehr so jung aussieht, wie sie ist. Sie lässt sich auf die Bettkante fallen, zieht mich an sich.

»Wie kommt Valerie dazu?«, fragt sie leise.

»Ihr Vater ist mit einem ehemaligen Kollegen von Papa befreundet. Der hat ihr erzählt, dass Papa Frührentner ist und nicht immer für die Firma unterwegs ist, wie ich behauptet habe.«

»Was erzählst du denn da auch!«, faucht meine Mutter und furcht die Stirn.

»Das ist doch jetzt egal. Valerie hat jedenfalls gesagt, Papa hätte BSE und er würde im Kreis springen wie ein bekloppter Ochse.«

Meine Mutter nimmt ihre Brille ab und fährt sich mit der Hand über die Augen. Sie seufzt.

»Das hättest du mir besser nicht erzählt.«

»Du wolltest es ja hören«, sage ich trotzig.

»Ja, ja, schon gut.« Sie legt mir den Arm um die Schultern und ich kuschele mich an sie. Eine Weile sitzen wir so, dann geht die Tür auf und mein Vater kommt herein. Obenrum trägt er immer noch seinen Schlafanzug, aber seine Füße stecken in Joggingschuhen.

»Jetzt laufen wir nicht mehr, Klaus«, sagt Mama. »Komm, setz dich zu uns und tröste uns. Anna hat Kummer.«

»Oh.«

Mein Vater vergisst seinen Sport und setzt sich zu mir aufs Bett.

»Was ist denn?«, fragt er.

Meine Mutter schweigt. Irgendetwas muss ich sagen.

»Ich hab heute eine wunderschöne Liebeserklärung bekommen, aber ich hab es erst jetzt gemerkt.«

»Tatsächlich?«, fragt meine Mutter.

Ich nicke und spüre, wie Wärme in meine Wangen steigt.

»Von wem?«, fragt mein Vater.

»Von Torsten Kollodziak.«

»Das ist ein tüchtiger Junge!«

»Den kennst du doch gar nicht, Klaus«, sagt meine Mutter.

»Natürlich«, braust mein Vater auf. »Der war mit mir in der Lehre. Wir haben zusammen die Meisterprüfung gemacht!«

»Klaus, du meinst Torsten Schulz.«

»Ach ja. Du hast Recht, Marita. Torsten Schulz hieß der, genau. Der war bei mir in der Lehre. Der war nett. Aber der wäre viel zu alt für unsere Anna Orchidee.« Er lächelt mich an und streicht mir über das Haar. »Hörst du, ich hab mir das gemerkt mit der Orchidee.«

In der Nacht träume ich davon, dass ich sterbe.

Schweißgebadet wache ich auf. Im Haus ist es still. Die Schlangen sind ruhig, mein Radiowecker blinkt, ohne zu ticken, und mein Vater schnarcht nicht. Das ist ungewöhnlich. Sonst schnarcht er doch so laut, dass man es bis auf die Straße hört! Obwohl mein Vater in meinem Traum nicht vorkam, habe ich plötzlich Angst, er könne gestorben sein. Mit klopfendem Herzen husche ich aus dem Bett und schleiche zum Schlafzimmer. Die Tür steht offen. Der Mond scheint hell herein und beleuchtet die Gesichter meiner Eltern. Sie liegen nebeneinander, er hat im Schlaf einen Arm um sie gelegt und ihr ist das Kopfkissen auf den Boden gerutscht. Jetzt zieht mein Vater im Traum die Nase kraus und ich atme auf. Alles ist in Ordnung.

Am nächsten Morgen ist Samstag und ich freue mich eigentlich auf ein schönes Wochenende, doch meine Mutter vergällt es mir gleich beim Frühstück. Zum einen erzählt sie meinem Vater begeistert, dass wir, sie und ich, gestern Abend beschlossen hätten, die *hässlichen Schlangen* abzugeben und stattdessen einen *lustigen Dackel* aus dem Tierheim zu holen. Und als wäre das nicht genug, verkündet sie anschließend fröhlich, dass wir an diesem Nachmittag zum 70. Geburtstag unseres Nachbarn eingeladen seien.

»Nein! Ich will nicht mit«, protestiere ich erbost.

»Du bist ausdrücklich eingeladen, Anna Orchidee«, sagt meine Mutter ernst. »Du weißt, dass die Kösters immer so nachsichtig mit deiner lauten Musik sind. Also, tu mir den Gefallen und geh mit. Nach dem Kaffeetrinken darfst du verschwinden.«

Ich ziehe eine Flappe. Die Kösters und nachsichtig – dass ich nicht lache! Sie hängen den ganzen Tag hinter ihrer Gardine, sie beobachten alles und jeden, und wenn ihr Sohn zu Besuch kommt, stellen sie Stunden vorher ihre

Mülltonnen auf den Bürgersteig, um ihm den Parkplatz vor dem Haus zu reservieren.

Doch es hat nicht viel Sinn, meiner Mutter zu widersprechen. Seit mein Vater krank ist, diskutiert sie nicht mehr über Lappalien, wie sie sagt. Sie brauche ihre Zeit für wichtigere Dinge. Das ist einerseits von Vorteil für mich, denn sie kontrolliert mich nicht, andererseits heißt es auch, dass sie Entscheidungen, die sie einmal getroffen hat, selbst durch gutes Zureden und Betteln nicht rückgängig macht.

So kommt es, dass ich am Nachmittag mit meinen Eltern an der Kaffeetafel unseres Nachbarn sitze. Es ist, wie zu erwarten war, sehr langweilig. Nicht mal der Kuchen schmeckt. Zwar habe ich ein Tortenstück ausgesucht, das aussieht, als hätte der Bäcker Stunden für dessen Herstellung benötigt, aber wahrscheinlich war es nur zum Angucken und nicht zum Essen gedacht. Bei so viel Zucker und Sahne sehe ich ja morgen aus wie ein Hefekloß. Ob ich die Hälfte einfach stehen lassen kann? Oder kann ich sie irgendwo verschwinden lassen? Vielleicht ein Stückchen in die Zuckerdose und eins in die Blumenvase? Ich sehe mich um. Auch mein Vater hat Probleme mit dem Kuchen. Er stochert mit seiner Gabel lustlos auf dem Teller herum, und jetzt, als er sie schließlich zum Mund führt, tut er es so schwungvoll, dass sich das Stückchen Schokoladentorte von der Gabel löst und seiner fülligen Tischnachbarin zielsicher *ins Dekolleté* fliegt.

»Oh!« Die Frau stößt einen spitzen Schrei aus und sieht meinen Vater entsetzt an.

Der aber hat gar nicht gemerkt, was geschehen ist, sondern steckt ungerührt die leere Gabel in den Mund.

»Klaus«, mischt sich meine Mutter ein, »pass bitte auf!«

»Was denn?«, fragt mein Vater.

»Sie haben mich mit Kuchen beworfen«, ruft die Frau schrill, und in dem Moment verstummen die Gespräche und alle Blicke richten sich auf meinen Vater. Er öffnet den Mund. Er versteht nicht, was los ist, sieht seinen Teller an.

»Hier!« Die Frau fummelt sich den Kuchen aus dem Ausschnitt. Ein großer Schokoladenfleck zeichnet sich auf ihrer gelben Bluse ab. »Das müssen Sie mir aber bezahlen, Frau Lessmann.«

»Das war ich nicht«, behauptet mein Vater.

»Natürlich waren Sie das«, ruft die Frau.

»Nein«, beharrt mein Vater laut.

»Beruhige dich, Klaus.« Meine Mutter will vermitteln. »Natürlich warst du das und selbstverständlich bezahle ich Ihnen die Reinigung.«

»Das will ich auch hoffen«, sagt die Frau ungehalten.

»Meine Frau muss überhaupt keinem was bezahlen!«, brüllt mein Vater plötzlich und steht auf.

»Klaus!«, bittet meine Mutter verzweifelt.

»Ich geh jetzt sowieso joggen«, sagt er trotzig, greift noch einmal nach seiner Kaffeetasse, trinkt einen Schluck und blickt in die Runde. Alle starren ihn an. Keiner rührt sich, keiner wagt, etwas zu sagen.

»Klaus«, wiederholt meine Mutter kaum hörbar.

»Ein bisschen Sport könnte Ihnen allen gut tun«, empfiehlt mein Vater ruhig lächelnd und verlässt stolz das Wohnzimmer, die Kaffeetasse noch in der Hand. Draußen vor dem Fenster fängt er an zu laufen, er läuft in Anzug, Schlips und Lederschuhen, und er läuft los mit einer Kaffeetasse, die ihm nicht einmal gehört.

»Soll ich ihm nach, Mama?«, frage ich meine Mutter leise, denn es kommt oft vor, dass sie mich hinter ihm herschickt, damit ich auf ihn aufpasse.

»Nein«, sagt sie kurz angebunden, und ich merke, dass ihre Hände zittern. Sie kämpft mit den Tränen, denn jetzt, da mein Vater gegangen ist, richten sich all die peinlich berührten Blicke auf sie.

Die Frau, die vom Kuchen getroffen wurde, findet zuerst die Sprache wieder. »Hat man so etwas schon mal erlebt?«, fragt sie in die Runde.

»Elli, er ist krank«, erklärt Frau Köster.

»Ja, aber zu behaupten, er habe den Kuchen nicht …«

»Er ist *krank*«, wiederholt Frau Köster mit Nachdruck.

Die Frau, die Elli heißt, verschränkt die breiten Arme vor der Brust, schnauft und schweigt. Ich greife nach der Hand meiner Mutter, aber sie stößt sie weg.

»Sie haben's aber auch schwer, Frau Lessmann«, sagt eine andere Frau. »Wie Sie das aushalten! Bewundernswert ist das! Ich könnte das nicht.«

Meine Mutter nickt dankbar.

»Ja«, sagt Frau Köster, »ich habe der Marita schon oft

gesagt, sie soll sich endlich überlegen, ob sie den Klaus nicht ins Pflegeheim geben will.«

»Das ist wohl wahr«, stimmt die andere Frau bei. »Das können Sie doch allein gar nicht mehr leisten. Ihr Mann braucht ja den ganzen Tag Betreuung. Und es gibt heute so gute Pflegeheime.«

Meine Mutter lächelt gequält und schüttelt den Kopf. »Nein, nein«, sagt sie.

Frau Kösters Sohn mischt sich ein. »Sie sind eine junge, attraktive Frau, Marita. Sie müssen auch mal an sich denken. In einem Pflegeheim wäre Ihr Mann bestens versorgt und Sie könnten ihn jeden Tag besuchen.«

»Nein«, wiederholt meine Mutter. »Wir gehören zusammen.«

»Aber ich bitte Sie«, lacht der Mann kopfschüttelnd, und als ich sehe, dass auch Elli anfängt, ihr breites Gesicht zu verziehen, spüre ich eine wilde Wut in mir hochsteigen. Ich werfe den beiden böse Blicke zu und balle die Fäuste.

»Mein Sohn hat Recht«, sagt Frau Köster sanft. »Marita, dein Mann ist doch nur noch eine Belastung für dich und …«

Das ist zu viel. Meine Mutter fängt an zu schluchzen und ich springe von meinem Stuhl auf.

»Was eine Belastung ist, das ist Ihr blödes Gerede, Frau Köster«, rufe ich und vor Schreck über meine eigene Courage überschlägt sich meine Stimme. »Im Übrigen werde ich jetzt auch joggen gehen. Ich bin zwar nicht krank, aber wenn ich mir diesen Blödsinn hier noch länger anhören muss, dann werde ich es bestimmt!«

Hals über Kopf stürze ich hinaus. Hinter mir schimpfen die Leute, aber ich achte nicht darauf. Ich will zu meinem Vater. Natürlich ist er längst nicht mehr zu sehen. Ich laufe los, um ihn zu suchen, ich laufe durch die ganze kleine Stadt und meide nur den Park. Ich gucke sogar in der Kneipe, in der mein Vater früher oft mit Freunden gesessen hat, und schaue bei seiner Schwester Helga vorbei, doch ich finde ihn nirgends.

Als ich irgendwann wieder zu Hause eintrudle, ist er noch nicht zurück. Meine Mutter sitzt allein auf der Couch im Wohnzimmer und liest.

»Hallo Mama«, grüße ich, aber es kommt keine Reaktion.

»Bist du sauer?«, frage ich.

Meine Mutter hebt kurz den Kopf, wirft einen besorgten Blick aus dem Fenster und liest dann weiter.

»Mensch Mama, ich musste das sagen, wir können uns das nicht gefallen lassen!«, rufe ich und stampfe mit dem Fuß.

»Was ich mir gefallen lasse und was nicht, ist einzig und allein meine Sache«, zischt sie, ohne mich anzusehen.

»Na super.« Ich drehe mich um. Ich mache mir Sorgen, ich verteidige sie, und was kriege ich dafür?

»Anna!«

»Was?«, frage ich mürrisch und bereits auf der Treppe.

»Immerhin ist es nett, dass du bei Tante Helga warst.«

Ich nicke. Sie sieht mich jetzt an. Ihre Augen sind vom Weinen geschwollen und dunkle Erschöpfungsringe zeichnen sich ab.

»Er war aber nicht da«, sage ich.

»Nein«, antwortet sie und blickt nervös auf die Uhr. »Ich mache mir auch langsam Sorgen. Er ist schon über zwei Stunden weg.«

Ich schweige. Es ist immer noch unerträglich für mich, dass mein Vater dabei ist, sich auf den intellektuellen Stand eines kleinen Kindes zurückzuentwickeln. Ich sehne mich danach, mir von ihm Mathe erklären zu lassen, mich mit ihm über meine Zukunft zu unterhalten, mich mit ihm zu streiten, mich bei ihm auszuheulen – ich meine, er ist da, und ich bin glücklich, dass er da ist, aber ich möchte, dass er sich Sorgen um mich machen muss und nicht ich mir um ihn.

Endlich kommt mein Vater. Statt der Kaffeetasse aus dem Service der Familie Köster trägt er nun eine halb volle Bierdose in der Hand. Er hat wohl einiges getrunken, denn er schwankt und ist offensichtlich bester Stimmung.

»Wo warst du?«, ruft meine Mutter entsetzt, als sie ihn in die Arme schließt und merkt, wie verschwitzt er ist. »Hoffentlich hast du dich nicht erkältet, da draußen ohne Jacke! Und wo hast du das Bier her? Du hattest doch gar kein Geld dabei!«

Mein Vater lässt sich von ihr mit einem Handtuch die feuchten, verstrubbelten Haare abtrocknen und lächelt selig vor sich hin.

»Marita, meine Marita«, lallt er. »Ich wollte dir eine Rose kaufen …«

»Ach, du …«, sagt meine Mutter.

»Ich war nach der Arbeit mit den Kollegen einen trinken, und eigentlich wollte ich dir eine Rose kaufen, aber ich hab keine gefunden.«

»Das ist nicht schlimm«, beruhigt ihn meine Mutter und bringt ihn nach oben. »Jetzt bist du ja wieder da und wir zwei machen uns einen schönen Abend.«

Das ist das Letzte, was ich höre, bevor sie die Tür hinter ihm schließt. Nun wird sie ihn waschen, ihm beim Essen helfen und sich dann zu ihm ins Bett legen. Sie wird ihm nicht sagen, dass er seit Jahren nicht mehr arbeitet und keine Kollegen mehr trifft. Sie wird ihn auch nicht auf die Kösters ansprechen. Er wird sich sowieso nicht mehr daran erinnern können.

Ich seufze, lasse mich in einen Sessel plumpsen und schalte den Fernseher an. Ob Kollo auch so einen bescheuerten Tag hatte wie ich?

Am Montagmorgen bin ich wieder recht früh auf dem Schulhof. Diesmal habe ich allerdings kein Attentat vor. Ich stelle mich direkt vor den Eingang, rauche, obwohl mich die Lehrer hier sehen können, und blicke verträumt in den blassblauen Himmel. Endlich kommt Kollo. Er sieht meine Zigarette sofort, sagt: »Keine Angst, dass sie dich erwischen?«, und streckt die Hand aus, um wortlos eine Zigarette von mir entgegenzunehmen.

»Nö«, sage ich.

»Kommst du jetzt immer so früh?«

»Und du?«

»Ich halt's zu Hause nicht aus.«

»Das ist gut gesagt«, antworte ich und lache, aber er lacht nicht mit.

So stehen wir nebeneinander, schweigen, und eigentlich weiß ich auch gar nicht, warum ich hier mit Kollo rumstehe und rauche und schweige. Kollo ist nämlich nicht gerade das, was andere Mädchen attraktiv nennen würden. Er ist klein und billig angezogen, er hat Pickel und einen Riss in seiner Jacke, er hat kein Fahrrad mehr und nie eigene Zigaretten, er gehört zu keiner Clique, er ist hartnäckig und eigenwillig, und er ist kein bisschen stolz und männlich, denn er mag mich, obwohl ich ihn stets von oben herab behandelt habe.

An diesem Montag haben wir mal wieder ein Unterrichtsprojekt. So etwas gibt es an unserer Schule oft: Biogärten anlegen, Zeitungsartikel verfassen, Wände anmalen. Diesmal sollen wir in Deutsch kreatives Schreiben ausprobieren, der Buchautor Paul Müller kommt in Herrn Wilkes Deutschunterricht in unsere Klasse und stellt uns seine Texte vor. Das wäre eigentlich ganz interessant, nur sind die Lehrer auf die idiotische Idee gekommen, das Projekt nicht nur für uns, sondern für mehrere Klassen anzubieten, was bedeutet, dass in der Aula jetzt nicht nur fünfundzwanzig, sondern achtzig Schüler Platz finden müssen.

Ein erbitterter Kampf um die Stühle bricht los. Ich kann meinen ganz gut verteidigen, aber Kollo wird seiner von zwei anderen Schülern einfach unter dem Hintern weggezogen.

»Ruhe, wir haben genug Platz für alle«, versucht Herr Wilke das Chaos zu ordnen, aber das ist unmöglich, denn es gibt immer Ärger, wenn die Lehrer versuchen, Klassen aus allen drei Typen unserer kooperativen Gesamtschule unter einen Hut zu bringen.

»Warum müssen wir überhaupt was mit den Asis aus der Hauptschule machen?«, ruft ein Junge aus der Gymnasialklasse, und aus der Hauptschulklasse schlägt es gleich aggressiv zurück: »Halt bloß die Fresse, du eingebildeter Schleimer!«

»Das geht so nicht«, flüstert der Autor Herrn Wilke zu, aber der zuckt nur mit den Schultern. »Was sollen wir machen, wir haben nun mal so viele Schüler. Seien Sie froh, dass Sie Freitag nicht hier waren. Da hat einer eine Schlange in der Schule ausgesetzt.«

Ich grinse und drehe mich zu Kollo um, aber der kämpft um seinen Stuhl und hat Herrn Wilkes Bemerkung gar nicht mitbekommen. Irgendwann hat auch der Letzte einen Platz gefunden, das Rumoren und Streiten hört auf, und der Autor beginnt, etwas über sein Leben zu erzählen. Da beugt Kollo, der ganz dicht hinter mir sitzt, sich zu mir vor und flüstert mir ins Ohr: »Hast du gesehen, wer auch da ist?«

Ich drehe mich um. Der Autor erzählt gerade etwas Witziges und meine Mitschüler lachen, mir aber ist der Spaß vergangen, denn an der Tür sitzen zwei der Glatzköpfe aus dem Park. Das kann ja heiter werden, denke ich. Im Nachhinein ist es mir ein bisschen peinlich, dass ich in meiner Angst mit Kollo Händchen gehalten habe.

Der Autor liest nun eine Geschichte vor, und ich lehne mich im Stuhl zurück, um mich konzentrieren zu können. Ich mag es nämlich, wenn jemand Geschichten vorliest. Als ich klein war, hat mein Vater mir vorgelesen, und in letzter Zeit tut es meine Mutter wieder, allerdings tut sie es nun für meinen Vater, der kaum noch lesen kann.

Nach einer Weile wird das Thema der Geschichte deutlich. Es geht um einen Jungen, der eine behinderte

Schwester hat und diese mit in seine Clique nehmen will, die darauf skeptisch und ablehnend reagiert. Das interessiert mich. Der Junge mit seiner mongoloiden Schwester und ich mit meinem Vater, der meinen Namen nicht mehr kennt und seinen nicht mehr schreiben kann, wir haben etwas gemeinsam.

Plötzlich höre ich hinter mir einen Tumult. Es sind die beiden Jungs an der Tür. Sie haben rote Gesichter und lachen leise. Auch die Schüler, die um sie herum sitzen, grinsen.

»Gibt es da etwas zu lachen?«, fragt der Autor und hört auf zu lesen. Die Jungs stoßen einander an, lachen weiter.

»Sagt es ruhig«, ermuntert sie der Schriftsteller.

»Warum müssen wir uns das anhören?«, fragt der eine mit lauter Stimme. Er schiebt den Unterkiefer vor, streckt seine Beine aus und verschränkt die Arme hinter dem Kopf.

Ich blicke mich nach Herrn Wilke um, aber offenbar ist er hinausgegangen. Nur der Mathelehrer vom Gymnasium ist da, doch er hat den Kopf über einen Stapel Klassenarbeiten gebeugt, korrigiert und achtet nicht auf das, was um ihn herum geschieht.

»Na ja«, sagt der Autor ruhig. »Ich dachte, es wäre eine alltägliche Geschichte, die euch vielleicht interessieren würde.«

»Ach, hör'n Sie doch auf«, winkt der Junge ab. »Letztes Jahr war schon mal einer hier, der hat was über Schwule erzählt und war selber 'ne Schwuchtel, das ist doch 'ne Zumutung.«

»Ah ja«, macht der Autor und wirft einen hilfesuchenden Blick zum Mathelehrer hinüber. Der hebt nicht einmal den Kopf. Ein paar Schüler vom Gymi kichern. Unsere Klasse dagegen ist recht still. Valerie hat sich vorgebeugt und sieht aus, als wolle sie sich gleich melden.

»Sehen die anderen das auch so?«, fragt der Schriftsteller.

»Nein«, sagt Valerie laut.

Er wirkt erleichtert. Ich glaube, ich möchte nicht in seiner Haut stecken, angenehm ist so ein Auftritt bestimmt nicht.

»Soll ich noch ein Stück weiterlesen?«, fragt er mit einem Lächeln.

Valerie und die meisten anderen nicken und auch ich tue es ihnen gleich.

»Lieber nicht«, sagt der Junge aus der hinteren Ecke und fügt hinzu: »Haben Sie kein anderes Thema? Was mit Sex oder so?«

Jetzt hat der Typ die Show auf seiner Seite, alle lachen. Es gibt eine so laute Woge, dass sogar der Mathelehrer seinen Kopf hebt und sagt: »Könnt ihr nicht mal leise sein! Man kann ja nicht in Ruhe korrigieren!«

Der Autor sieht blass aus, aber er ringt sich tapfer ein Lächeln ab.

»Sex interessiert dich also«, sagt er. »Brauchst du Ratschläge, fehlen dir die nötigen Erfahrungen?«

Wieder gibt es einen Lacher. Eins zu null für Paul Müller.

Der Junge wird rot und beißt sich auf die Lippe.

»Nein, mal Spaß beiseite«, versucht der Autor einzu-
lenken. »Was interessiert euch denn, was lest ihr gerne?«

Valerie meldet sich sofort und auch ein paar Schüler
aus der Gymnasialklasse heben die Hand.

Während er sich mit ihnen unterhält, hören wir eine
Stimme aus der Ecke an der Tür: »Wir lesen nur *Mein
Kampf*.«

Der Autor dreht sich zu den Jungen um. Die sehen
ihn an, selbstbewusst und provozierend. Der Rest der Klasse schweigt. Selbst Valerie, die sich immer in den Vorder-
grund stellt, ist still. Und Mehmet und Murat, die sonst
auch nicht gerade auf den Mund gefallen sind, tun so, als
hätten sie nichts gehört, und blicken aus dem Fenster.
Jetzt steht es wieder unentschieden. Paul Müller hat es
glatt die Sprache verschlagen, und die Klasse wird sich
kaum mehr trauen, sich auf seine Seite zu stellen.

In dem Augenblick geht die Tür auf und Herr Wilke
kommt herein. »Na?«, fragt er fröhlich.

»Ihre Schüler haben mir gerade gesagt, sie läsen nur
Hitlers *Mein Kampf*«, sagt der Autor zu Herrn Wilke, und
jedes seiner Worte klingt wie einzeln hervorgewürgt.

Herr Wilke zieht die Stirn in Falten und schüttelt
dann entschieden den Kopf. »Aber nein«, behauptet er.

»Doch«, beharrt der Autor und weist mit der Hand
auf die beiden Jungs. »Einer dieser Herren meinte, das
soeben sagen zu müssen.«

Jetzt hebt auch der Mathelehrer den Kopf.

»Ihr sollt euch benehmen, klar?«, ruft er laut in die
Runde, und dann, zum Autor gewandt »Lesen Sie ruhig

weiter, ich bitte Sie, nehmen Sie das nicht ernst. Die Schüler wissen doch gar nicht, wovon sie sprechen.«

»Wenn das so ist, sollten wir das mal thematisieren«, schnappt Paul Müller mit wutblitzenden Augen.

Herr Wilke jedoch winkt ab. »Das machen wir im Geschichtsunterricht ausreichend genug. Jedes Kind weiß heute, welche Verbrechen im ›Dritten Reich‹ geschehen sind. Das brauchen wir jetzt wirklich nicht alles wieder durchzukauen. Seien Sie so freundlich und lesen Sie doch bitte Ihre schöne Geschichte weiter!«

»O ja«, rufen einige erleichtert, und einen Moment blitzt es noch in den Augen des Autors, dann siegt die Freude darüber, dass er nun zu seiner Geschichte zurückkehren kann, er setzt sich wieder hin und liest.

Ich aber ärgere mich. Es stimmt überhaupt nicht, dass wir das Thema im Geschichtsunterricht x-mal durchgekaut haben. Alles was ich weiß, weiß ich von meinen Großeltern. Dass das behinderte Nachbarskind meiner Oma eines Tages einfach weg war zum Beispiel. Und dass meine Oma sich gewundert hat, wo das Kind hin ist, und nichts gewusst hat, genau wie wir es heute immer noch nicht genau wissen, obwohl Herr Wilke behauptet, wir hätten es zig-mal gelesen, im Fernsehen gesehen und im Unterricht besprochen. Und ich möchte auch gar nicht wissen, was die damals mit meinem kranken, verwirrten Vater gemacht hätten. Ich kann mich nicht mehr auf die Geschichte konzentrieren, weil ich mich so ärgere.

Ich ärgere mich so, dass ich im anschließenden Schreib-
workshop sofort beschließe, einen Rap gegen Rechts zu
schreiben. Herr Wilke hat uns freigestellt, ob wir die Geschichte von Paul Müller weiterschreiben oder lieber etwas Individuelles entwerfen wollen. Der Text hat mir zwar
gut gefallen, aber ich bin jemand, der immer etwas Eigenes
machen muss. Auch Markus Kühn ist so. »Kann man auch
was über Selbstmord schreiben?«, fragt er Herrn Wilke,
aber der gibt ihm keine Antwort, sondern rollt nur mit
den Augen.

Wenigstens zum Schreiben haben wir etwas mehr
Platz. Wir werden auf zwei verschiedene Klassenräume
verteilt, und ich sehe zu, dass ich in den komme, in dem
nicht die Skins sind. Kollo folgt mir und fragt, ob er sich
zu mir an den Einzeltisch setzen darf.

»Bitte«, sage ich gnädig.

»Weißt du schon, was du machst?«

Ich nicke, hole ein Blatt aus meiner Tasche und beuge mich darüber.

»Was über Schlangen?«, fragt er.

»Nee. Über rechte Arschlöcher.«

»Die haben gerade noch 'nen ganz schönen Anschiss von ihrer Klassenlehrerin gekriegt«, sagt Kollo. »Die ist voll ausgeflippt, als dieser Müller ihr das erzählt hat.«

»Na, wenigstens etwas«, brumme ich.

»Willst du echt was über die beiden schreiben?«

»Ja, Kollo, ich will's versuchen, wenn du mich nicht dauernd störst«, pflaume ich ihn an.

»Schon gut, Eisblümchen. Reg dich ab.« Er steht auf und geht weg. Schade. Eigentlich wollte ich ihn nicht vertreiben.

Oh, ich hab ihn gar nicht vertrieben, denn er hat sich nur bei jemandem einen Kaugummi geschnorrt und kommt zu mir zurück.

Na, dann kann ich ja loslegen!

»Wie hast du das denn gemacht?«, staunt Kollo und beugt sich über mein Blatt.

»Einfach ausgedacht.«

»In der kurzen Zeit? Das ist ja voll gut!«

»Ach, ich weiß nicht«, sage ich, »an manchen Stellen ist es albern und es reimt sich nicht immer.«

»Macht doch nichts. Merkt eh keiner.«

Ich grinse.

»Du solltest Schriftstellerin werden«, sagt Kollo.

»Nee, danke«, winke ich ab. »Ich hab keine Lust, mich wie der Müller da vorne hinzustellen und den Affen zu machen. Außerdem wird man schlecht bezahlt, hast du ja gehört.«

»Geld ist nicht alles im Leben«, philosophiert Kollo.

»Red keinen Stuss!« Ich wechsle das Thema. »Hast du eigentlich auch was geschrieben?« Er wird ein bisschen rot und nickt.

»Was denn?«, forsche ich neugierig.

Er reicht mir einen abgerissenen Zettel. »Ist 'n klassischer Vierzeiler.«

»Aha«, mache ich und lese.

O Eisblume,
wie schön
sind deine
roten Lippen!

Kollo grinst schelmisch. Jetzt bin ich es, die rot anläuft.

»Du bist so bescheuert, Kollo«, schimpfe ich, aber es klingt nicht überzeugt.

In der letzten Stunde sollen wir unsere Texte vorlesen. Valerie meldet sich als eine der Ersten und hält stolz ihre sechs DIN-A4-Seiten in die Höhe. Ihre Geschichte ist natürlich hochinteressant und handelt von einem Mädchen in ihrer Klasse, das niemand leiden kann, am wenigsten Valeries Ich-Erzählerin selbst. Dieses Mädchen ist nämlich arrogant, fies und grausam, verbreitet nur Lügen und trägt den Spitznamen »Die Eisige«.

Als Valerie überflüssigerweise erwähnt, dass das gewisse Mädchen gefährliche Giftschlangen züchte, stupst mich Kollo an. Das wäre nicht nötig, denn ich hab es ohnehin längst gemerkt: Valerie hat einen Text über mich geschrieben.

Vielen Dank, Valerie. Ich freue mich natürlich, wenn ich dazu beitragen kann, dich berühmt zu machen!

»Ja, und hier hatte ich dann keine Zeit mehr«, bricht sie nach zehn Minuten schließlich atemlos ab, »aber ich will natürlich weiterschreiben. Es passiert noch eine ganze Menge und …«

»Werden die beiden Mädchen denn am Ende Freundinnen?«, fragt Paul Müller.

Wie kann er nur auf so eine idiotische Idee kommen?

Selbst Valerie fällt dazu nichts ein. »Äh«, macht sie und sieht hilfesuchend zu Alwine, die kräftig den Kopf schüttelt.

»Das wäre doch ein schönes Ende«, sülzt der Autor und Herr Wilke nickt und schmunzelt.

»Nein, das wäre Schwachsinn«, sage ich laut und stehe auf. »Darf ich jetzt vorlesen, Herr Wilke?«

»Anna«, zischt Kollo hinter mir und packt mich am Arm. »Bist du verrückt? Lies bloß nicht deinen Text vor! Die Typen flippen aus, wenn die das hören!«

»Lässt du mich bitte los, Kollo«, sage ich ruhig.

»Anna, nicht!« Kollo springt auf. »Herr Wilke«, ruft er. »Lassen Sie erst mal 'nen Jungen vorlesen!«

Herr Wilke ist erstaunt. »Jeder kann vorlesen«, sagt er.

»Ja, aber jetzt hatten wir schon so viele Mädchen, lassen Sie mal einen Jungen lesen!«

»Von mir aus«, lenkt Paul Müller ein. »Wer möchte denn, vielleicht jemand von den Herren da hinten?«

Ich werfe einen Blick zu den beiden Glatzen. Sie haben gar nichts geschrieben. Sie sitzen nur da und ziehen gelangweilte Gesichter.

»Wenn sich keiner meldet, lese ich jetzt.« Ich schubse Valerie zur Seite und stelle mich vor das Pult.

Alle sehen mich an. Achtzig Schüler aus drei Klassen. Die beiden Glatzköpfe in der Ecke an der Tür mustern mich abschätzig, aber uninteressiert. Sie ahnen nicht, was jetzt kommt. Keiner ahnt etwas, außer Kollo. Der schüttelt den Kopf und ringt die Hände.

»Anfangen«, ruft einer der beiden und lacht.

»Gerne«, antworte ich, und meine Stimme ist leise und kratzig, als hätte ich Brotkrümel im Hals.

Ich räuspere mich. Ich muss das jetzt hinter mich bringen. Ich, die eisige Anna.

Ich fange an:

Bist du ein Urmensch
oder was ist los?
Warum suchst du die Gewalt
und fühlst dich dabei groß?
Du mit deinem Knüppel,
du mit deinem Spatzenhirn,
du mit deiner großen Schnauze,
gehst mir mächtig auf den Zwirn.

Bist du echt so blöd
oder was geht ab?
Warum quatschst du rechtes Zeug

und glaubst, du wärst »auf zack«?
Warum kannst du nicht ertragen,
dass jemand anders ist?
Bist du so verklemmt,
du dämlicher Faschist?

Im Raum ist es still, so still, dass ich meine eigenen Atemzüge hören kann. Dann steht einer der zwei Jungen langsam auf und ballt die Fäuste. Gleichzeitig macht Herr Wilke einen Schritt nach vorn, und der Junge sieht ihn scharf an, sieht mich an und setzt sich wieder.

»Das war sehr gut, Anna Orchidee«, bringt Herr Wilke hervor und dreht sich zu mir um.

»Ja, das war großartig«, stimmt Paul Müller zu und beginnt zu klatschen. Einen Moment treffen nur seine Hände hohl ineinander, dann stimmt Herr Wilke ein, danach Mehmet und Murat, außerdem viele Schüler vom Gymi: Kollo, Fabian, Markus Kühn – ich glaub's nicht! – und – das ist jetzt aber wirklich der Gipfel – Valerie.

Irgendwie schaffe ich es, auf meinen Platz zurückzukommen. Dabei versuche ich, nicht zu den zwei Skins hinzusehen, denn plötzlich ist die Angst wieder da. Ich denke an unser Erlebnis im Park, an den knurrenden Hund, an das Lachen der Jungen, ich denke an Baseballschläger und Schläge und Tritte und Fleischwunden, während um mich herum fast die ganze Gruppe klatscht und Herr Wilke mich lobt: »Das war sehr mutig und vorbildlich von dir, Anna Orchidee. Ich bin stolz auf dich.«

»Von seinem Stolz kannst du dir jetzt einen Sarg kaufen«, spricht Kollo hinter mir meine eigenen Gedanken aus und legt mir die Hand auf die Schulter. »Verdammt noch mal, warum bist du nur so, wie du bist!«

»Lass mich in Ruhe, Kollo«, fauche ich.

Ich muss nachdenken. Gut, dass sich nun Fabian gemeldet hat und vorzulesen beginnt. Er liest eine Horrorgeschichte mit viel Blut und ekligen Monstern, und als er eines seiner mit einer Motorsäge zerstückelten Opfer sagen lässt: »Das war's. Das ist mein Ende«, glaube ich, die beiden Jungen in meinem Rücken sagen zu hören: »Genau. So könnten wir es machen.«

Bilde ich es mir ein oder planen sie gerade das Ende der Anna Orchidee?

Ich werde ihnen aus dem Weg gehen. Ab heute ist der Stadtpark Sperrgebiet. Da gehe ich nicht mehr lang. Außerdem werde ich mich von meiner Mutter zum Training bringen und abholen lassen. Hier auf dem Schulgelände können sie mir nichts tun. Trotzdem werde ich mich wohl in nächster Zeit in der Nähe der Lehreraufsicht aufhalten müssen. Da kann ich zwar nicht rauchen, aber das werde ich verschmerzen. In die Disco oder ins Kino gehe ich sowieso nicht oft. Nur ab und zu mal, wenn meine Cousine zu Besuch ist. Also ist das auch keine Gefahrenquelle. Ich brauche mich gar nicht zu fürchten. Was sollen sie mir anhaben können? Wenn es ganz schlimm wird, muss mich meine Mutter demnächst eben auch von der Schule abholen. Das Einkaufen dagegen wird harmlos sein, sie werden mich am helllichten Tag wohl kaum in der Fußgängerzone attackieren!

Ich merke, dass mein Atem unruhig geht. Mein Herz schlägt viel zu schnell, und meine Hände sind so nervös, dass mir schon zweimal das Heft auf den Boden gefallen ist.

Schließlich ist Schulschluss. Es gongt. Ich greife nach meiner Tasche. Wage nicht, mich umzudrehen. Noch nicht. Vielleicht verschwinden die beiden Großmäuler von allein und ich habe mich umsonst aufgeregt.

»Anna Orchidee«, sagt da Herr Wilke und kommt überraschenderweise auf mich zu. »Ich kann nur noch einmal wiederholen, dass du das toll gemacht hast.«

Er lächelt mich an. Ich stehe auf und schaue verlegen zu Boden. So ein Lob bin ich nicht gewohnt.

»Ehrlich gesagt, hätte ich dir das gar nicht zugetraut.« Herr Wilke räuspert sich. »Weißt du, ich befürchte, ich habe dich zu Unrecht verdächtigt, die Schlange in die Schule gebracht zu haben. Ich habe am Freitag mit deiner Mutter gesprochen. Sie hat mir erzählt, dass du schon lange keine Schlangen mehr hast. Na ja. Auch als Lehrer lässt man sich manchmal von der schlechten Meinung der anderen beeinflussen.«

Er räuspert sich erneut, weiß nicht weiter, zuckt mit den Schultern.

»Ist okay«, sage ich.

Herr Wilke lächelt.

»Na dann«, sagt er und geht.

Einen Moment bleibe ich noch stehen. Herr Wilke hat sich bei mir entschuldigt. Das ist so unglaublich, das muss ich Kollo erzählen.

Ich nehme die Tasche und schaue mich nach ihm um. Aber Kollo ist nicht mehr da. Der Raum ist leer bis auf Fabian und Arne, die noch dabei sind, ein paar Stühle hinauszutragen. Nix wie raus hier! Auf den Gängen gehen gerade die letzten Schüler. Fabian rempelt Arne an und lacht. Warum hat Kollo nicht gewartet? Dieser Blödmann! Braucht man ihn mal, ist er nicht da. Ich eile zum Ausgang.

Warum ich so schnell gehe, weiß ich selbst nicht. Wahrscheinlich weil es schon fünf Minuten nach der letzten Stunde ist und sich die Schule immer blitzartig leert. Ich stolpere die Treppen hinunter, haste am Kiosk vorbei und reiße die Glastür am Haupteingang auf. Gerade fährt Valerie auf ihrem Fahrrad vorbei. Als sie mich sieht, bremst sie ab, und für einen Augenblick sieht es aus, als wolle sie etwas sagen. Dann aber tritt sie wieder heftig in die Pedale und saust davon.

Ich laufe über den Schulhof, so schnell es meine hohen Absätze zulassen. Die rechten Großmäuler sind nirgends zu sehen. Doch man weiß nie.

Endlich, das Hoftor. Es liegt am Ende eines schmalen Weges, links stehen große Müllcontainer, rechts wachsen ein paar Büsche. Plötzlich weiß ich, dass sie dort stehen werden. Ich weiß es, bevor ich sie sehe.

Sie lungern an den Müllcontainern herum und blicken mir entgegen. Sie sind jetzt zu viert. Ich bin nur noch drei, vier Meter von ihnen entfernt. Ich bin zu nah herangekommen, um jetzt wegzurennen und einen anderen Ausgang zu nehmen. Ich kann mit den hohen Schuhen gar nicht rennen. Ich bin in eine Falle gegangen und verloren.

»Das ist sie«, sagt der eine.

»Benny, das ist doch die Perle, die wir letztens im

Park mit ihrem Macker gesehen haben! Haben wir die noch nicht richtig aufgemischt?«

»Offensichtlich nicht«, sagt Benny, tritt auf mich zu und grinst. Im Nu bin ich umringt.

»Was mussten wir da hören?«, schnauzt der links von mir. »Hast du 'n kleines Gedicht gemacht? Was hast'n da geschrieben, hä? Zeig mal her!«

Er packt mich am Arm.

Ich reiße mich los.

»Hey, hey, nicht so hastig!« Zwei Typen greifen nach mir. Der eine zieht mich am Haar, der andere schlingt seine Arme um meinen Bauch. Ich stolpere und verliere einen Ohrring. »Wir sollten uns mal unterhalten. Über Sachen, die man schreibt und die man besser nicht schreibt!«

»Haut ab, lasst mich in Ruhe!« Meine Stimme ist leise und krächzend. Einer lacht und tritt auf den Ohrring. Es knirscht unter seinem Stiefel.

»Was schreibt man denn so über uns? Hm? Bist du etwa nicht unserer Meinung?«

Ich japse. Der Kerl, der mich festhält, drückt mir die Luft ab.

»Na? Wir warten?«

Sie stehen dicht vor mir. Einer spuckt auf meine Schuhe. Ein gelber Glibber.

Ein anderer fährt sich obszön mit der Zunge über die Lippen, flüstert: »Nächstes Mal krallen wir uns die Kleine im Park.«

Der Dritte hat den Anhänger in Form einer Orchidee,

den mein Vater mir vor langer Zeit als Glücksbringer geschenkt hat, an meiner Schultasche entdeckt und reißt ihn grob herunter.

Auf einmal ertönen fröhliche Stimmen. Zwei kleine Mädchen aus der fünften Klasse laufen an uns vorbei. Meine Feinde halten einen Moment inne. Sie wissen: Der Schulhof ist nicht völlig verlassen.

Und ich bin nicht waffenlos. In meiner Jacke steckt ein Abwehrspray.

»Hilfe!«, schreie ich.

Die Kinder bleiben verdutzt stehen. Der Typ hinter mir lockert seine Umklammerung. Jetzt! Ich reiße den rechten Arm los und hole das Tränengas aus der Jacke. Ziele auf die verhassten Gesichter vor mir. Treffer! Sie weichen brüllend zurück. Nichts wie weg!

Ich will flüchten, aber ich hab nicht an den Kerl in meinem Rücken gedacht. Mit einer einzigen Bewegung schlägt er mir die Spraydose aus der Hand und stellt mir ein Bein, so dass ich längs auf den Asphalt knalle.

»Du glaubst wohl, du kannst uns linken, was?«

Es ist aus. Die anderen werden sofort wieder fit sein. Die beiden Kinder rennen weg.

»Benny, Atze, alles okay?«, fragt der vierte Kerl und wendet sich seinen Freunden zu. Diese Sekunde nutze ich. Ich springe auf und renne los.

Ich renne über den leeren Schulhof. Meine Absätze klappern. Ich knicke um, spüre den Schmerz wie einen Messerstich und renne weiter.

Erst als ich das Gebäude fast erreicht habe, kommen

mir Leute entgegen. Allen voran Kollo, dahinter Fabian und Arne. Und Herr Wilke.

»Kollo!« Ich falle ihm in die Arme. »Wo warst du?«

»Ich war noch drin! Ich hab mit Fabian und Arne Stühle geschleppt. Zufällig haben wir von oben gesehen, was los war! Wir sind sofort losgerannt!«

»Anna, ist alles in Ordnung?«, ruft Herr Wilke aufgeregt.

Ich schluchze. Sprechen kann ich nicht.

Wie wir bis hierher gekommen sind, weiß ich nicht. Ich weiß nur, dass wir vor Kollos Haustür stehen und er gerade seinen Schlüssel aus der Jeans kramt.

»Ich hab aber nicht aufgeräumt«, warnt er mich.

»Macht nichts, ist egal.«

Ich will nicht nach Hause, das ist der Grund, weshalb ich hier bin. Ich will nicht mit verweinten Augen vor meiner Mutter stehen und ihre Fragen beantworten müssen. Ich bin froh, dass ich es geschafft habe, Herrn Wilke Auskunft zu geben. Ich will nicht, dass meine Mutter sich Sorgen macht, sie hat schon genug Probleme. Sie braucht von dem Überfall gar nichts erfahren. Zumindest braucht sie nicht sehen, wie fertig ich bin. Es reicht, dass Kollo es sieht.

»Du kannst mit deinem Fuß doch Treppen steigen, oder? Wir wohnen im ersten Stock und leider ist der Fahrstuhl kaputt.«

Kollo deutet mit der Hand an der Hausfassade vage nach oben. Es ist ein hoher, hässlicher Betonwohnblock, meine Eltern dagegen haben ein kleines, rausgeputztes

Reihenhäuschen. Weil wir das Haus von meinen Großeltern geerbt haben und mein Vater eine staatliche Rente bekommt, geht es uns finanziell ziemlich gut.

»Ich hoffe«, antworte ich leise.

Mein Knöchel ist angeschwollen und schmerzt. Bestimmt ist er verstaucht. Herr Wilke hat mir geraten, zum Arzt zu gehen, und das werde ich wohl auch müssen, wenn es nicht bald besser wird. Ich humpele hinter Kollo in den düsteren Hausflur. Es riecht nach Kohl und Urin. Ich rümpfe die Nase.

»Hier haben sie mir mein Rad geklaut«, sagt Kollo. »Ich hab's nur zwei Minuten allein gelassen. Sonst nehme ich es ja immer mit in mein Zimmer, aber ich war in Eile und wollte noch mal los. Kannst du dir das vorstellen? Zwei Minuten stand es hier und schon war es weg!«

Ich sehe mich um. Die Wände sind mit *Tags* beschmiert. Die Lampen an der Decke flackern. Irgendwo hat jemand seinen Fernseher zu voller Lautstärke aufgedreht, die Stimme einer Talkshow-Moderatorin ist zu hören.

»Ich fahre gar nicht oft Fahrrad«, sage ich, nur um etwas zu sagen. Ich habe mich noch nicht von dem Schock erholt. Auf Kollo muss ich ungewöhnlich schweigsam und schüchtern wirken.

»Ich schon. Es macht total Spaß, mit 'nem Mountainbike durch den Wald zu fahren. Komm, ich helfe dir nach oben.«

Er schleppt mich die Treppen hinauf in den ersten Stock. Hier hört man die Stimme der Moderatorin deutlicher. »Das heißt«, fragt sie gerade provokant, »wenn deine Freundin jetzt fünf Kilo zunehmen würde, würdest du sie aus der gemeinsamen Wohnung werfen?!«

Kollo bleibt an der Tür stehen, aus der die Geräusche dringen. Quer über den Eingang hat jemand mit einem dicken Filzer *Motherfucker* geschrieben. Neben der Tür steht der Name *Kollodziak*.

»Meine Alte guckt wieder Fernsehen«, entschuldigt sich Kollo, als er aufschließt. »Sie hört schlecht, wenn sie 'nen Kater hat. Und sie steht voll auf die Talkshows mit Bärbel Dingsda.«

Ich nicke. Kollo schiebt mich durch die Tür.

»Mach mal die Glotze leiser, ich hab Besuch!«

Wir gehen ins Wohnzimmer. Der Fernseher ist fast so groß wie die Schrankwand. Kollos Mutter sitzt auf der Couch, dick und verschlafen. Vor ihr steht noch das Frühstück. Eine Plastiktüte mit geschnittenem Brot und ein Teller mit grün angelaufener Fleischwurst. Langsam dreht sie sich vom Fernseher weg zu uns um.

»Hättest du mir das nicht sagen können?«, ruft sie, als sie mich sieht. »Ich hab mir noch nicht die Haare gemacht!«

Ihre Haare sind modisch kastanienrot gefärbt, aber fettig, und die Frisur ist ein Vo-ku-hi-la-Schnitt, vorne kurz – hinten lang.

»Ist das deine Freundin?«

»Ja, Mama, das ist Anna.«

»Hallo!« Frau Kollodziak gibt mir ihre breite Hand und lächelt freundlich. »Möchtest du 'nen Kaffee?

Mensch, Torsten, du hättest mir mal sagen können, dass du 'ne Freundin hast!«

»Jetzt weißt du's.«

Kollo greift sich die Thermoskanne auf dem Tisch.

»Wir gehen rüber in mein Zimmer.«

»Hey, hey, lass mir noch 'n bisschen Kaffee hier!«

»Koch dir welchen«, sagt Kollo knapp und verschwindet im Flur. Ich lächle verlegen und folge ihm.

»Torsten«, ruft seine Mutter ihm nach. »Ich hab noch Oma ihre Kekse, wollt ihr die haben?«

Kollo dreht sich zu mir um.

»Magst du Diabetiker-Kekse?«, fragt er.

Ich zucke mit den Schultern.

»Mach's dir in meinem Zimmer schon mal gemütlich. Ich komm gleich.«

Kollos Zimmer ist klein. Der Platz reicht gerade für ein Bett, einen Schreibtisch mit einem Computer und einen großen, alten Korbschaukelstuhl, in dem Kissen in den schrillsten Farben liegen. Ich wähle den Schaukelstuhl als Sitzplatz. Er knarrt, als ich mich niederlasse.

»Torsten«, höre ich Kollos Mutter rufen. Es ist ungewohnt, den Namen Torsten zu hören, obwohl auch die Lehrer ihn bei seinem richtigen Vornamen nennen.

Ich sehe mich in Kollos Bude um. Über dem Bett hängt ein großes Poster, das mit »Solo« überschrieben ist und einen Freeclimber zeigt, der einhändig an einem roten Felsen hängt. Tief unter ihm erstreckt sich eine grüne Landschaft und am Horizont das Meer.

Während ich das Poster betrachte, werde ich langsam

ruhiger. Ich bin davongekommen. Ich bin in Sicherheit. Hier wohnt mein Freund Kollo. Hier können mir die Faschos nichts tun.

Mein Blick wandert weiter. Es gibt noch kleinere Poster von Rennautos, Popgruppen und Mountainbikern. Über dem Schreibtisch hängt außerdem ein winziges Bildchen, wie aus einem Biobuch ausgeschnitten. Ich lehne mich vor, um erkennen zu können, was darauf ist. Es ist eine Blume. Eine Blume, die ich gut kenne. Unter der Abbildung steht: *Orchis vulgaris. Gemeine Orchidee.*

»Ich wusste gar nicht, dass ich nicht nur eiskalt, sondern auch gemein bin«, bemerke ich, als Kollo hereinkommt und meinen Blick auf das Bildchen sieht. Kollo wird rot.

»Manchmal schon«, sagt er.

»Und manchmal nicht?«, frage ich verwundert.

»Genau. Möchtest du Kaffee und Kekse?«

»Gerne.«

Wir futtern. Als ich mir die Krümel von den Fingern lecke, fängt Kollo an zu grinsen.

»Wer Appetit hat, ist gesund, sagt meine Oma immer. Du bist auch nicht mehr so blass wie vorhin. Geht's dir besser?«

»Ja. Aber der Schrecken sitzt mir noch im Nacken.«

»Klar. Das kenne ich. Mich haben sie auch mal gepackt. Jungs hier aus der Siedlung. Ist aber schon zwei Jahre her. Sie haben mir ein Messer an die Kehle gehalten und mir meine neuen Turnschuhe abgenommen. Ich hatte richtig Angst, denn man weiß ja nie, wie die drauf sind.

An dem Tag hat's außerdem geregnet wie Sau und ich musste in Socken nach Hause gehen.«

Er lehnt sich auf dem Bett zurück.

»Ich hab mich gefühlt wie ein getretener Köter. Dieser Heimweg in den nassen, dreckigen Socken, der war beinahe schlimmer als der Überfall selbst. Ja, und am nächsten Tag in der Schule ist den anderen natürlich sofort aufgefallen, dass ich wieder meine uralten Billigtreter anhatte. Da kamen einige fiese Sprüche, ob die Markenschuhe nur geleast wären und ob ich beim Schuh-Sharing für Arme mitmachen würde.« Kollo schüttelt den Kopf. »Die sind alle so bekloppt mit ihrem Label-Fanatismus.«

»Ist mir noch gar nicht so aufgefallen«, sage ich und schaukle hin und her. »Ich meine, ich achte zwar schon darauf, was die Leute anhaben, aber …«

»Du kannst dir ja wohl auch alles leisten«, unterbricht er mich.

»Na, ja, gut«, gebe ich kleinlaut zu. Es ist mir unangenehm, dass ich mir kaum Gedanken über Geld zu machen brauche.

»Schon okay«, sagt Kollo und beendet das Thema, indem er den CD-Player einschaltet. »Möchtest du Musik hören?«

»Ja«, antworte ich erleichtert.

»Was magst du denn so?«

»Ach, egal. Was Kuscheliges. Ich sitze hier so schön in deinem Schaukelstuhl.«

Kollo grinst und legt eine CD mit gemischten Lovesongs auf.

»Der Stuhl ist klasse, was? Er ist voll out, ist vom Sperrmüll, aber ich kann stundenlang drin sitzen.«

»Vom Sperrmüll?«, frage ich erschrocken.

»Warum nicht? Auch mein Computer ist Secondhand. Funktioniert prima. Und ich spiele eh nicht viel.«

»Das darfst du aber keinem erzählen.«

»Warum? Weil die dann wieder mit ihren Sprüchen kommen? Gut, manchmal trifft es mich, aber mir wird das immer gleichgültiger. Ich hab meinen eigenen Kopf, und wenn mir der Schaukelstuhl gefällt, dann gefällt er mir eben. Dir gefällt er doch auch, oder?«

Ich nicke. »Sehr«, sage ich, wippe und schließe die Augen.

Als ich sie wieder öffne, lächelt Kollo mich an.

»Ich glaube, wir haben eine ganze Menge gemeinsam«, sagt er langsam.

»Bist du auch eiskalt und gemein?«, flapse ich.

»Nein, das nicht. Ich bin romantisch und treu.«

Ich pruste los. »Du spinnst!«

Er lacht auch.

»Stimmt. Aber es ist so. Ich kann es dir beweisen, wenn du willst.«

Ich schüttle belustigt den Kopf. »Was haben wir denn gemeinsam, Kollo?«

»Also …«, er räuspert sich, »wir haben beide blaue Augen.«

»Super!« Ich klatsche in die Hände und lache weiter. Es tut gut, so zu lachen, es befreit von den Schrecken und der Angst.

»Zweitens: Wir mögen beide Diabetiker-Kekse.«

Ich glucke.

»Und das Wichtigste ist: Wir haben beide einen eigenen Kopf. Wir sind stur und bockig, aber wir lassen uns nicht von dem abbringen, was wir wollen.«

Ich wische mir eine Lachträne von der Wange. Es geht mir gut. Und irgendwie hat Kollo sogar Recht.

Wir schweigen einige Zeit. Doch im Gegensatz zu dem Abend in der Eisdiele ist das hier ein gutes Schweigen. Wir hören die Musik, Kollo summt mit, ich falle ein, wir schweigen und schaukeln und summen und merken gar nicht, wie die Zeit vergeht.

»Kann ich mal zur Toilette gehen?«, frage ich nach einer Weile.

»Klar. Aber warte, ich muss dir erst etwas zeigen.«

Er führt mich zum Badezimmer, öffnet die Tür und deutet auf den Fußboden. Neben der Dusche klafft ein fußballgroßes Loch in den blauen Bodenfliesen. Unten kann man eine Straße sehen.

»Was ist das denn?«, rufe ich aus.

»Unsere Wohnung liegt direkt über der Tordurchfahrt«, erklärt Kollo. »Unter unseren Füßen fahren die Autos durch, wenn sie auf den Parkplatz im Hof wollen. Vor ein paar Tagen haben nachts ein paar Idioten in der Durchfahrt Müll verbrannt. Die Flammen sind hochgeschlagen und haben unseren Fußboden angesengt. Jetzt haben wir hier ein Loch.«

Ich sehe Kollo entgeistert an, aber er geht wie selbstverständlich darüber hinweg. »Mutter«, ruft er stattdessen. »Wann kommen eigentlich die Handwerker?«

Frau Kollodziak schlurft heran. »Die wollten um zwölf hier sein«, sagt sie müde.

»Es ist Viertel nach fünf«, schimpft Kollo und ich bekomme einen Schrecken. Schon so spät. Ich muss nach Hause. Ich husche ins Bad und benutze es vorsichtig. Als ich wieder herauskomme, wartet Kollo in seinem Zimmer.

»Ich muss jetzt mal gehen«, sage ich.

Er nickt.

»Danke für alles.«

Er winkt ab, weicht meinem Blick aus.

»Kommst du morgen auch zu der Besprechung mit dem Wilke?«, frage ich.

»Na klar. Fabian, Arne und ich sind doch sozusagen Zeugen. Und ich will, dass diese Arschlöcher ordentlich einen drüberkriegen.«

»Gut.«

Er steht auf. »Schön, dass du da warst«, sagt er gestelzt.

»Hmm. Ja. Also dann.«

Ich reiche ihm die Hand, und als er sie nimmt, zieht er mich auf einmal an sich und drückt mich. Auch ich umarme ihn. Es ist lange her, dass ich das bei einem Menschen getan habe.

Später sitze ich im Bus und denke an Kollo.

Ich habe ihn in seiner Wohnung besucht, an der quer

über die Eingangstür »Motherfucker« geschrieben steht. Ich habe mich wohl gefühlt und sicher.

Ich habe in einem Sperrmüll-Schaukelstuhl gesessen, mich summend hin und her gewiegt und an nichts gedacht außer an die Bewegung des Schaukelns.

Ich habe im Badezimmer beim Händewaschen durch das Loch im Fußboden ein Kind auf der Straße unter mir laufen sehen.

Es war Kollo überhaupt nicht peinlich. Wenn unser Badezimmer so reparaturbedürftig wäre, würde ich vor Scham im Boden versinken.

Der Bus hält. Ich muss aussteigen. Ich humpele nach Hause. Langsam und vorsichtig. In meinem Kopf kreisen die Gedanken wie Planeten auf ihren Umlaufbahnen, und ich will sie nicht durcheinander bringen, will keinen davon verlieren.

14

»Anna!« Meine Mutter kommt aufgeregt auf mich zuge-laufen. »Mein Gott, Anna, wo hast du gesteckt? Weißt du, wie spät es ist? Ich hab mir Sorgen gemacht!«

»Beruhige dich«, wiegle ich ab. »Ich war bei einem Freund.«

»Hast du etwa einen Freund?«

Meine Mutter stellt die gleichen Fragen wie Frau Kol-lodziak. Ich muss grinsen. »Vielleicht.«

»Das ist ja schön für dich«, sagt sie müde und schüt-telt dann den Kopf. »Aber du musst auch verstehen, dass ich mir Gedanken mache, wenn du nicht kommst. Ich hätte deine Hilfe gebraucht. Ich wollte eigentlich mit dei-nem Vater zum Zahnarzt fahren.«

»Oh.«

»Du weißt ja, was das jedes Mal für ein Theater ist.«

Ich nicke. Beim letzten Mal hat mein Vater eine ganz schlechte Phase gehabt. Er wollte sich den vereiterten Zahn nicht behandeln lassen, hat nicht verstanden, dass man ihm helfen wollte, hat gebissen und gebockt und so laut gebrüllt, dass die Patienten im Wartezimmer Panik bekamen. Und heute wollte mein Vater offensichtlich auch nicht zur Nachbehandlung gehen.

»Wenn du da gewesen wärst, hätten wir ihn vielleicht überreden und ins Auto packen können. Aber ich hab gewartet und gewartet … Na ja, du sollst ja auch machen, was du willst, du bist jung und …«

Meine Mutter bricht ab und geht ins Wohnzimmer. Dort setzt sie sich auf den Sessel am Fenster. Ich folge ihr unschlüssig, habe ein schlechtes Gewissen. Soll ich ihr jetzt von dem Überfall erzählen?

»Klaus ist natürlich wieder weggelaufen.« Sie seufzt, lächelt dann aber. »Vielleicht hilft Joggen ja gegen Zahnschmerzen.«

Ich grinse. Das Tolle an meiner Mutter ist, dass sie es versteht, auch in unangenehmen Situationen ihren Humor zu behalten.

Gegen acht höre ich sie mit Tante Helga telefonieren. Allerdings klingt ihre Stimme nicht mehr ganz so fröhlich.

»Klaus ist mal wieder zu einem Marathonlauf aufgebrochen«, sagt sie in den Hörer, »und mir geht hier langsam die Puste aus.«

Ich lausche. Tante Helga scheint anderer Meinung zu sein als meine Mutter, denn die braust auf: »Was soll ich machen, ich kann ihn schließlich nicht einsperren!«

Ich husche aus meinem Zimmer, gehe nach unten, nehme Jacke und Schuhe und ziehe mich an.

»Mama«, rufe ich meiner Mutter zu. »Ich geh ihn suchen, okay?«

Meine Mutter nickt mir abwesend zu. Offensichtlich hält Tante Helga ihr gerade eine Predigt. Ich gehe nach draußen und schließe die Tür hinter mir. Es ist noch hell, ein schöner lauer Maiabend, die Dämmerung setzt gerade erst ein. Vielleicht, denke ich, möchte mein Vater diese Abende einfach genießen. Meine Mutter hat Recht, sie darf ihn nicht in der Wohnung festhalten. Wer weiß, ob er im nächsten Frühjahr noch laufen kann, ob er überhaupt lebt? Seine Krankheit schreitet stetig voran. Er wird bald alles verlernt haben: laufen, sprechen, essen. Schon jetzt muss meine Mutter ihn manchmal füttern. Rasieren tut sie ihn auch. Und sie bindet ihm die Schuhe. Sie hat ihren Beruf aufgegeben, um sich den ganzen Tag um ihn kümmern zu können. Sie wird ihn nicht ins Heim geben, und sie wird ihn auch nicht in der Wohnung einsperren, da kann sich Tante Helga den Mund fusselig reden.

Ich gehe schnell. Zuerst die übliche Route: die Reihenhaussiedlung, Stieglitzweg, Goldammerweg, Rotkehlchenweg. Hier ist mein Vater nicht. Dann die Kneipen: *Haus Walter, Zum Schrebergarten, Zur Brücke.* Hier ist er auch nicht. Die Fußgängerzone. Die Läden sind geschlossen, vor der Eisdiele *Da Luigi* sitzen Gäste draußen und essen Eis. Ich denke an Kollo. Ohne lange zu überlegen, betrete ich das Café und werfe einen Blick auf den Tisch, an dem wir vor ein paar Tagen zusammen gesessen haben. Er ist unbesetzt.

»Suchst du jemanden?«, fragt der italienische Kellner freundlich. Ich schüttle den Kopf. »Ja, äh, nein«, sage ich und bestelle mir dann ein Waffelhörnchen mit Himbeer und Zitrone auf die Hand. Wieder draußen schlecke ich mein Eis und sehe mich um. Nein, mein Vater ist nicht hier. Es gibt nur zwei Möglichkeiten, wo er jetzt noch sein könnte: Entweder wir sind aneinander vorbeigelaufen und er ist längst wieder zu Hause, oder er ist im Park.

An der Ecke steht eine Telefonzelle. Ich gehe hinein und wähle die Nummer meiner Eltern.

»Lessmann«, sagt meine Mutter in den Hörer. Ihre Stimme klingt alarmiert. So, als erwarte sie jemanden, der ihr sagt, dass ihr Mann im verwirrten Zustand auf die Autobahn gelaufen und dort von einem Lastwagen überrollt worden sei: »Frau Lessmann, kommen Sie bitte in die Leichenhalle, um Ihren Mann zu identifizieren.« Ich kenne diese Angst in der Stimme meiner Mutter. Eigentlich weiß ich Bescheid, doch ich frage sie trotzdem.

»Ich bin's. Ist Papa schon da?«

»Ach, Anna, du. – Nein. Aber komm jetzt nach Hause!«

»Ich komm gleich.« Ich hänge ein.

Der Park.

Natürlich. Mein Vater ist im Park.

Ich werfe den Rest der Waffel fort. Spucke auf die Straße, obwohl das Eis lecker war.

Es ist Wahnsinn, um diese Zeit allein in den Park zu gehen.

Aber bleibt mir eine andere Möglichkeit?

Er ist mein Vater. Und ich liebe ihn.

Einen Augenblick zögere ich, ob ich Kollo um Hilfe

bitten soll, entscheide mich aber dagegen. Gut, dass meine Mutter nichts von meinem Verdacht weiß – sie würde sonst gleich ein Unheil vermuten.

Ich hole tief Luft und zwinge mich loszugehen. Selbstverständlich werde ich mich nicht auf dem normalen Weg durch den Park bewegen. Ich werde zunächst das Regenhäuschen weiträumig umrunden. Dann werde ich mich wie früher als Pfadfinderin durch das Gebüsch schleichen. Bis ich bei ihrem Treffpunkt bin, wird es ziemlich dunkel sein. Wenn sie den Hund dabeihaben, nutzt mir das Verstecken allerdings wenig. Im Gegenteil: Sie werden denken, der Hund wittere ein Kaninchen, und werden ihn von der Leine lassen.

Ich bleibe stehen. Nach dem, was heute Mittag passiert ist, kommt mein Vorhaben einem Selbstmordversuch gleich. Aber was soll ich machen? Soll ich meinen Vater allein lassen? Ich habe keinen Zweifel mehr, dass er im Park ist. Wohin geht man wohl sonst zum Joggen? Auch als verwirrter Mensch sucht man das Grüne. Und vor ein paar Tagen war er plötzlich mit einer Bierdose in der Hand nach Hause gekommen.

Ich erreiche den Eingang des Parks. Unter den Bäumen ist es dunkel. Lange Schatten fallen auf den Weg. Ein alter Mann mit einem Dackel kommt mir entgegen. Der Dackel hat auf seinen kurzen Beinen Mühe, Schritt zu halten, und hechelt. Meine Mutter will auch einen Dackel, aber der wird uns nicht beschützen können. Ein Pitbull verspeist einen Dackel zum Frühstück.

Ich gebe mir einen Ruck und trete in das Wäldchen.

Amseln rascheln durch das Laub. Ein Eichhörnchen flitzt einen Baum hinauf.

Meine Hände schwitzen. Unter meinen Füßen knacken Zweige und ich höre meinen Atem. Ein lautes Schnaufen. Bleib ruhig, Anna Orchidee. *Weißt du, warum ich dich Orchidee genannt habe? Weil du das schönste und wunderbarste Baby der Welt warst.* Ich zwinge mich weiter. Jetzt gehe ich nicht mehr aufrecht, sondern schleiche gebückt vorwärts. Zu meiner Linken liegt der Weg, den Kollo und ich vor ein paar Tagen gegangen sind. Ich befinde mich knapp hundert Meter oberhalb von ihm auf einem niedrigen Hügelkamm, als ich die Stimmen höre.

Es hört sich fast an, als feierten sie ein Fest. Eine Gänsehaut läuft mir den Rücken herunter. Alles habe ich erwartet, aber keinen Gesang, kein Lachen, jedenfalls nicht das Lachen meines Vaters. Ich kann ihn genau heraushören.

Auf allen vieren gehe ich weiter. Wenn ich mich hinter dem dicken Baum verstecke, habe ich alles im Blick.

Doch was werde ich zu sehen bekommen?

Ich renne nach vorn und werfe mich hinter den Baumstamm. Brennnesseln treffen mein Gesicht.

Er ist dort, mitten unter ihnen. Er trägt keine Jacke und das Hemd guckt ihm aus der Hose. Musik dröhnt aus dem Gettobluster. Mein Vater bewegt sich dazu. Es sieht aus, als tanze er.

»Weiter so, Alter, beweg dich!«

Die Jungs trinken Bier. Sie prosten ihm zu. Auch er trinkt. Er schwankt. Er verträgt keinen Alkohol mehr, seitdem er so viele Medikamente schlucken muss.

»Tanz, Opa! Oder kannst du nicht mehr? Na also! Trink noch 'nen Schluck! Und wie bedanken wir uns bei den netten Jungs? Was sagen wir so schön, Opa? Heil Alzheimer!«

»Heil Alzheimer«, ruft mein Vater, hält am ausgestreckten Arm seine Bierdose hoch und lacht sein krankes Lachen.

Ich lehne meinen Kopf an den Baumstamm. Meine Finger krallen sich in die Rinde, brechen Stücke heraus. Ein Nagel reißt ein.

Mein Vater lacht noch immer. Aber schwächer jetzt, er lacht irre und krümmt sich dabei vor Erschöpfung, fasst den einen Skin an, taumelt, versucht, sich an ihm festzuhalten.

»Hey, hey, nicht schlappmachen, Sportsfreund«, höhnt dieser. Ich erkenne ihn. Er war heute Mittag auch dabei. Er dreht meinen Vater im Kreis. Mein Vater verliert die Orientierung, er streckt die Arme nach den vermeintlichen Freunden aus: die grölen und spucken und verschlucken sich an ihrem Bier vor Schadenfreude.

»Ausziehen, ausziehen! Lasst ihn mal 'nen Striptease machen, das bringt's! Los, Opa, zeig uns mal was!«

Der Anführer tritt vor und hebt sein T-Shirt hoch. Man sieht den nackten tätowierten Bauch. Die anderen klatschen.

»Los, jetzt du!«

Mein Vater lacht, zieht ebenfalls sein Hemd hoch, steht so, steht direkt in meinem Blickfeld, als wolle er sich mir zeigen, steht und hebt das Hemd und lacht und lässt die Bierdose fallen, die dumpf auf den weichen Boden schlägt und gluckernd zur Seite rollt.

Ich trete hinter dem Baum hervor. Ich weiß nicht, wie ich meinem Vater helfen soll. Trotzdem gehe ich auf die Gruppe zu.

»Komm, jetzt den Striptease, Opa! Den hast du doch letztes Mal so brav gemacht! Los, zieh die Hose runter, dann bekommst du auch noch 'n Bier zur Belohnung!«

Ich bin ganz nah bei ihnen.

Plötzlich bellt der Hund. Er schießt hinter dem Häuschen hervor. Seine Leine spannt sich.

Die Gruppe fährt herum. Sie starren mich an.

Der Hund reißt an der Leine.

Ich brülle aus Leibeskräften. »Ihr Schweine«, brülle ich, »ihr miesen, dreckigen Schweine!«

Eine Sekunde sind sie überrascht. Reagieren nicht.

Nur mein Vater erkennt mich. Seine Lippen wollen ein Wort formen. Er sucht dieses Wort, seine Lippen beben: »Anna!«

Er wankt auf mich zu, streckt die Hände aus.

In diesem Moment gewinnen die Skins ihre Überlegenheit zurück.

»Ja, wen haben wir denn da?«, fragt einer der Jungen aus meiner Schule. Er baut sich vor mir auf, grinst hämisch. »Das ist ja 'ne nette Überraschung! Du willst wohl auch ein bisschen Striptease machen, was?!«

Gejohle und Gelächter.

Ich nehme den Arm meines Vaters. Er rührt sich nicht.

»Komm«, beschwöre ich ihn, »wir müssen nach Hause.«

»Wer wann nach Hause geht, bestimmen wir!«

Einer hat das Halsband des Pitbulls ergriffen und tut, als wolle er ihn jeden Moment freilassen.

»Papa«, flehe ich. »Komm!«

»Das sind meine Kollegen«, sagt mein Vater harmlos. »Nach der Arbeit trinken wir immer einen.« Er versucht zu lächeln, aber es gelingt ihm nicht recht, er ist zu erschöpft.

»Hast du gehört?!«, höhnt der mit dem Hund. »Wir sind seine Kollegen! Wir haben doch Spaß miteinander! Los, Tanzbär, zeig deiner Tochter, was du noch alles drauf hast!«

Die Kerle grölen und schlagen sich auf die Schenkel.

»Lasst ihn in Ruhe«, rufe ich, und es ist nicht meine normale Stimme, es ist schrilles Kreischen. »Macht euch das Spaß, einen Kranken zu quälen?! Habt ihr keine gleichwertigen Gegner?!«

Mein Schreien bringt sie einen Moment zum Schweigen.

»Er verträgt keinen Alkohol und schon gar nicht bei seinen Tabletten. Wenn ihr ihn nicht in Ruhe lasst, könnt ihr gleich den Notarzt holen! Und dann seid ihr dran!« Ich strecke meinen Arm aus und halte meinen zitternden Zeigefinger auf die Jungen aus der Schule. »Wenn er zusammenbricht, dann seid ihr dran, dann, dann …«

Mein Gesicht ist nass von Tränen, mein ganzer Körper bebt. Mein Vater merkt's, wischt mit seiner Hand über meine Wange und flüstert: »Nicht weinen, Anna, wir haben gefeiert und jetzt bin ich müde.«

Jemand lacht, aber diesmal greift das Lachen nicht auf die anderen über, sie starren mich an, ohne etwas zu sagen.

»Okay, hau ab mit deinem Irren, wir wollen keinen Ärger haben. Wir haben unsern Spaß gehabt. Jetzt verpisst euch!«

»Du willst sie ja wohl nicht gehen lassen, Alter«, protestiert der Typ mit dem Hund.

»Mit der hab ich noch ein Hühnchen zu rupfen«, ruft der Junge aus meiner Schule.

»Schnauze! Ich hab keinen Bock, dass der Opa 'nen Herzinfarkt kriegt!«

Ich packe die Hand meines Vaters und laufe los. Widerstrebend lässt er sich mitzerren. Er stolpert hinter mir her, fällt über seine eigenen Beine, japst und keucht.

Hinter uns bellt der Hund.

16

Mein Vater schafft es so gerade bis zur Telefonzelle. Ich schiebe ihn hinein, er lehnt sich mit dem Rücken an die Glaswand, rutscht herunter, stöhnt.

Zuerst rufe ich meine Mutter an, berichte ihr, verhasple mich, sage ihr nur, dass sie uns so schnell wie möglich abholen soll.

Mit zittrigen Fingern durchblättere ich dann das Telefonbuch. Tränen tropfen auf die dünnen Seiten. Kollodziaks gibt's vier, aber nur einen in der Schumannstraße. Es geht niemand dran. Ich schluchze. Bitte sei da. Schließlich die Stimme seiner Mutter. Ich stammle, dass ich ihn sprechen muss.

»Tooorsten«, hallt es am anderen Ende der Leitung durch die Wohnung.

»Ich bin sofort bei dir«, sagt er. »Ich leih mir das Rad von einem Freund. Pass auf dich auf.«

Wenig später kommt meine Mutter. Sie stürzt aus dem Auto. »Anna! Klaus! Was ist passiert?«

Mein Vater hört sie nicht, sein Kopf ist auf die Brust gesackt, er atmet schwer.

»Er braucht einen Arzt! Anna, hilf mir, ihn ins Auto zu bringen!«

Kaum haben wir ihn drin, bremst neben uns ein Fahrrad. Kollo springt ab und schließt mich in die Arme.

Eine Stunde später halten wir uns immer noch fest. Kollo ist mit zu uns gekommen. Jetzt teilen wir uns den Sessel am Fenster. Ich sitze auf Kollos Schoß, er hat die Arme um meine Hüften gelegt. Es ist still im Haus. Mein Vater schläft. Unser Hausarzt ist wieder gegangen. Meine Mutter sitzt in dem anderen Sessel, hat die Arme um die Beine geschlungen und schüttelt immer wieder den Kopf.

»Was sollen wir nur machen?«, fragt sie in die drückende Stille hinein. »Er weiß nicht mehr, was er tut. Er bringt sich und seine Tochter in Gefahr. Sie muss sich für ihren Vater schämen.«

»Nein, Mama, ich schäme mich nicht«, entgegne ich und bekomme einen stummen Seitenblick von Kollo. Kollo weiß, dass ich lüge. Meine Mutter weiß es auch, sie steht auf. »Ich gehe ins Bett. Auf Wiedersehen, Torsten. Danke, dass du gekommen bist. – Anna, ihr macht auch gleich Schluss, ja?«

»Ja, ja.«

»Warum hast du nichts von der Krankheit deines Vaters erzählt?«, fragt Kollo. »Hätte Valerie zum Beispiel davon gewusst, hätte sie niemals so einen gemeinen Witz gemacht. Sie war nur wütend wegen deiner Angeberei. Sie konnte das ja gar nicht ahnen.«

Ich seufze. »Das ist jetzt auch egal.«

»Nein, ist es nicht. Du solltest es ihr sagen. Weißt du, dass Valerie von deinem Antifa-Rap ganz begeistert war? Fabian hat mir gesagt, wenn der Text nicht ausgerechnet von dir wäre, würde sie ihn sofort in der Schülerzeitung abdrucken.«

»Tja ...«

»Redet doch mal miteinander«, beharrt Kollo.

»Nein! Die Idee mit der Schülerzeitung ist zwar nicht schlecht, aber ich mache doch vor Valerie keinen Kniefall!«

Kollo schweigt. Ich will nicht mit ihm streiten und kuschele mich deshalb an ihn.

»Na, mal sehn«, lenke ich ein. »Vielleicht spreche ich sie mal an. Aber eigentlich will ich nicht, ich trau mich nicht.«

Kollo lacht. »Das glaub ich nicht. Du traust dir doch sonst alles zu, eiskalte Orchidee.«

»Ich bin nicht kalt.«

»Weiß ich«, sagt er ruhig. »Aber bewiesen hast du's mir noch nicht.«

»Alles zu seiner Zeit.«

Wir sehen uns an. Und dann tun wir etwas ganz Wunderbares: Wir küssen uns.

Wieder einmal gehe ich an diesem Morgen früher als nötig aus dem Haus. Wieder zögere ich, als ich die Tür hinter mir zuziehe, und diesmal, das ist mir ganz klar, habe ich wirklich Angst, dass mein Plan nicht gelingen wird. Dabei ist es diesmal gar kein richtiger Plan. Es ist gerade mal der Anfang davon. Ich will als eine der Ersten auf dem Schulhof eintreffen, das steht fest. Und dann? Will ich Kollo sehen. Ich muss wissen, ob ich das, was gestern Abend zwischen uns war, nicht geträumt habe. Geträumt habe ich es nicht, sage ich mir, als ich langsam losgehe, aber es könnte doch sein, dass er glaubt, er habe es nur geträumt, und heute Morgen also entsprechend so tut, als sei nichts gewesen, und dann könnte ich vor ihm stehen und ihn schmachtend ansehen und er würde gar nicht reagieren!

»Hi Anna! Schon wach? Hast du mal 'nen Kuss für mich?«

Ich hab es nicht geträumt!!!

Wir lehnen eng umschlungen an der Mauer, als die anderen eintreffen. Fabian und Arne grinsen, gehen aber vorbei und sagen nichts. Zuletzt kommen Valerie und Alwine. Als sie uns erblicken, stoppen sie abrupt und bleiben stehen. Alwine starrt mich an, Valerie sieht so aus, als wolle sie sich gleich umdrehen und einen anderen Eingang benutzen, um nicht an uns vorbeizumüssen.

»Das gibt's doch nicht«, höre ich Alwine ungläubig sagen.

Valerie antwortet nicht, sie nimmt auch keinen anderen Eingang. Vielleicht hatte sie es nicht mal vor. Sie setzt sich wieder in Bewegung und geht langsam an uns vorbei. Alwine folgt ihr und ich auch, denn ich will ihr etwas geben.

»Valerie, warte mal!« Sie dreht sich blitzschnell um. Die Haare fliegen ihr ins Gesicht. Ihre zusammengekniffenen Augen sind voller Misstrauen.

»Hier!« Ich ziehe einen gefalteten Zettel aus meiner Hosentasche, und sie zuckt zurück, als handle es sich um etwas Giftiges. »Ich hab gehört, das du mein Gedicht für die Schülerzeitung haben wolltest. Bitte sehr! Ist geschenkt. Sollst auch nicht dazuschreiben, von wem es ist.«

»Das glaub ich nicht«, sagt Alwine wieder und diesmal bleibt ihr der Mund offen stehen.

Valerie schweigt. Sie blickt auf meine ausgestreckte Hand, auf das weiße Papier.

»Ich bitte dich nur, das abzudrucken«, sage ich. »Ich bin gestern überfallen worden, wie du vielleicht erfahren hast.«

Sie hat noch nichts davon gehört. Sie starrt mich an.

»Wie gesagt, mir geht es um den Inhalt dieses Gedichtes. Du sollst keinen Namen drunterschreiben.«

Valerie greift nach dem Papier, überfliegt die wenigen Zeilen, hebt dann den Kopf, fragt mit schneidender Stimme: »Hast du meinen Fips umgebracht?«

Ich öffne den Mund, bekomme aber keine Antwort zustande. In dem Moment tritt Kollo von hinten an mich heran, streift mit seiner Hand kurz die meine und sagt: »Wollen wir schon mal reingehen, Alwine?«

»Wieso?«, schnappt diese.

»Weil das vielleicht nur die beiden was angeht«, gibt Kollo zurück.

»Valerie ist meine Freundin«, behauptet Alwine und verschränkt die Arme vor der Brust.

Ich lache auf. »Alwine, du weißt doch gar nicht, was Freundschaft ist«, sage ich kalt.

Meine Worte verfehlen ihre Wirkung nicht. Alwine starrt mich einen Augenblick ungläubig an, dann treten Tränen in ihre Augen und sie rennt wütend ins Schulgebäude. Kollo wirft mir noch einen Blick zu, folgt ihr dann aber.

Nun sind Valerie und ich allein. Ein paar Nachzügler stürzen an uns vorbei, hastig, um nicht zu spät zu kommen.

»Und jetzt?«, fragt sie und tut gelangweilt.

»Jetzt sage ich dir, dass mir das Leid tut mit deinem Fips.«

»Du gibst es also zu? Du warst es?!« Sie schüttelt den Kopf. »Ja, sicher, wir wussten die ganze Zeit, dass nur du zu so einer Brutalität fähig sein konntest«, fügt sie bitter hinzu.

»Weil ich so fies bin wie in deiner Geschichte?«, frage ich.

»Bist du etwa nicht so?«, ruft sie, rauft sich die Haare und dreht sich weg.

Das wird nie was, denke ich und will das sinnlose Gespräch abbrechen, als sie sich mir plötzlich wieder zuwendet und mich ansieht.

»Das war 'ne verdammt krasse Aktion, Anna. Was habe ich dir eigentlich getan?«

»Weißt du das nicht?«

»Etwa, weil ich das mit dem BSE gesagt habe?«

»Natürlich.« Ich räuspere mich. Dann erzähle ich ihr in wenigen Sätzen von der Krankheit meines Vaters und vom Überfall der Skins.

Sie hört mir schweigend zu, schüttelt fast ungläubig den Kopf.

»Aber«, fragt sie, »warum hast du denn nie erzählt, dass dein Vater krank ist?«

Ich zucke die Achseln. »Die Frage hat Kollo mir auch schon gestellt.«

Sie lächelt. »Wer hätte gedacht, dass ihr noch mal zusammenkommt. Aber find ich schön.« Sie blickt auf das Blatt Papier in ihrer Hand. »Ich werde dein Gedicht nehmen. Vielleicht schreibe ich auch einen kleinen Bericht über die Pöbelei auf dem Schulhof – natürlich nur, wenn du nichts dagegen hast.«

»Nein, überhaupt nicht.«

Wir wissen nichts mehr zu sagen, werden verlegen.

»Hast du eigentlich immer noch Schlangen?«, fragt sie auf einmal.

»Ich schaffe sie diese Woche ab. Meine Mutter will einen Hund.«

»Oh, ich hab mir immer einen gewünscht.«

»Kannst ihn ja mal ausführen.«

»Warum nicht.«

»Okay. Aber jetzt sollten wir lieber reingehen, sonst glauben die anderen noch, ich hätte dir was angetan.«

Sie lacht und ich lache mit.

Kristina Dunker

Kristina Dunker, geboren 1973, veröffentlichte bereits vor dem Abitur ihren ersten Roman. Sie studierte Kunstgeschichte und Archäologie, hat mittlerweile mehrere Romane für Kinder und Jugendliche veröffentlicht und lebt als freie Schriftstellerin in Castrop-Rauxel. Bei Beltz & Gelberg erschienen von ihr bisher die Jugendromane *Liebe gibt's nicht*, *Schmerzverliebt* und zuletzt *Ein bisschen schwanger*. Mehr über die Autorin und ihre Bücher unter www.kristina-dunker.de